REVOLVER & RÖCKE

LENOX RANCH COWBOYS - BUCH 3

VANESSA VALE

HOLEN SIE SICH IHR KOSTENLOSES BUCH!

Tragen Sie sich in meine E-Mail Liste ein, um als erstes von Neuerscheinungen, kostenlosen Büchern, Sonderpreisen und anderen Zugaben zu erfahren.

kostenlosecowboyromantik.com

Copyright © 2015 von Vanessa Vale

Dies ist ein Werk der Fiktion. Namen, Charaktere, Orte und Ereignisse sind Produkte der Fantasie der Autorin und werden fiktiv verwendet. Jegliche Ähnlichkeit mit tatsächlichen Personen, lebendig oder tot, Geschäften, Firmen, Ereignissen oder Orten sind absolut zufällig.

Alle Rechte vorbehalten.

Kein Teil dieses Buches darf in irgendeiner Form oder auf elektronische oder mechanische Art reproduziert werden, einschließlich Informationsspeichern und Datenabfragesystemen, ohne die schriftliche Erlaubnis der Autorin, bis auf den Gebrauch kurzer Zitate für eine Buchbesprechung.

Umschlaggestaltung: Bridger Media

Umschlaggrafik: Wander Aguiar Photography; Deposit Photos: tampatra

Dieses Buch wurde bereits unter dem Titel Dahlia veröffentlicht.

1

AHLIA

Das Innere der Postkutsche erstickte mich geradezu, während wir auf einen weiteren Passagier warteten. Ich fächelte mir mit der Hand Luft zu, aber die Augusthitze ließ sich nicht einmal von dem Schatten, den die Decke spendete, vertreiben. Die einzige Erleichterung verschaffte die Brise, die einsetzte, als sich die Pferde in Bewegung setzten. Anscheinend würde ich allein nach Carver Junction reisen und das passte mir gut. Die Lederklappen waren nach oben gerollt und der Wind kühlte meine feuchte Haut. Schweiß rann zwischen meinen Brüsten hinab. Ich öffnete ein paar Knöpfe am Kragen meiner Bluse. Allein das bisschen war schon hilfreich. Als nächstes zupfte ich an meinem langen Rock und zog ihn mir über die Knie. Ah, Glückseligkeit! Auf diese Weise war es gleich viel kühler. Das war zwar nicht gerade schicklich oder auch nur annähernd damenhaft, aber niemand konnte mich sehen.

Wir waren erst weniger als eine Minute gefahren, als die Kutsche abrupt anhielt. Ich wäre auf den schmutzigen Boden gerutscht, hätte ich nicht meinen Fuß gegen die gegenüberliegende Bank gestemmt. Ein Mann erschien im Fenster.

„Miss Lenox. Welch eine Überraschung", sagte eine Stimme. Da ihm die Sonne im Rücken stand, lag sein Gesicht unter dem Rand seines Hutes im Schatten und ich konnte nicht erkennen, wer es war, aber ich *kannte* diese Stimme. Meine Nackenhaare stellten sich bei dem tiefen Rumpeln auf.

Mir wurde bewusst, dass ich ihn zwar nicht sehen konnte, er mich aber sehr wohl. Ich schob den Saum meines Rockes nach unten und begann beschämt, an den geöffneten Knöpfen meines Kragens zu fummeln.

Die Tür öffnete sich und er bestieg die Kutsche, wobei er seine große Gestalt kunstvoll verbiegen musste, damit er sich nicht den Kopf anstieß. Er nahm seinen Hut ab und warf mir einen Blick zu, ein breites Grinsen im Gesicht. „Es besteht kein Grund, sich wegen mir zurecht zu machen. Ich versichere dir, ich werde die Reise um einiges mehr genießen, wenn du es nicht tust."

Mein Mund klappte beim Anblick von Garrison Lee auf. Was macht *er* hier? Das fragte ich ihn auch sogleich. Er hob eine Braue über meinen weniger als versöhnlichen Tonfall und dann ließ er sich mir gegenüber nieder. Die Kutsche setzte sich schwankend in Bewegung.

„Ich fahre nach Carver Junction, genauso wie du, Zuckerschnute", antwortete er.

„Ja, aber *warum*?", schnaubte ich verärgert. Auch wenn allein sein Anblick dafür sorgte, dass mein Herz schneller galoppierte als die Pferde, die die Kutsche zogen, würde er alles ruinieren.

„Um mich wegen eines Pferdes mit einem Mann zu treffen."

Diesen Grund nahm ich ihm nicht ab. „Wirklich?"

„Ich fahre mit der Kutsche dorthin und wenn ich zufrieden bin, reite ich hoffentlich mit dem Tier nach Hause. Du siehst aus, als würdest du mir nicht glauben."

Ich schürzte meine Lippen.

„Ich führe eine Pferderanch."

Seine Knie stießen gegen meine, als die Kutsche durch ein tiefes Schlagloch rumpelte. Indem ich so tat, als würde ich es mir für die Reise bequem machen, verrutschte ich so auf der Bank, dass wir uns nicht mehr berühren würden. Er grinste über meine Aktion und ich hasste es, dass dieses verflixte Grübchen auf seiner rechten Wange erschien. Wie konnte ein Mann so gut aussehen, auf schroffe Weise anziehend sein, während ich mich gleichzeitig über die geringe Distanz zwischen uns auf ihn werfen und ihn erwürgen wollte?

Dort wo sein Hut gewesen war, waren seine Haare in einer Linie eingedellt und ich wollte, mit meinen Fingern durch die dunklen Locken streichen, um sie zu entfernen. Dann würde ich mit meinen Händen seine Wangen hinabgleiten, um seine rauen Bartstoppeln zu fühlen. Er hatte meinen Körper darauf trainiert, allein auf seine Anwesenheit zu reagieren. Seine Stimme, sogar seinen männlichen Duft. Wir hatten uns in den wenigen Monaten, in denen er mir den Hof gemacht hatte, geküsst – oh, wir hatten uns definitiv geküsst – und einige andere unschickliche Dinge getan. Allein bei dem Gedanken daran wurde mir ganz warm.

Ich wollte ihm auch gegen das Schienbein treten, weil er meine Pläne durcheinanderbrachte.

„Als ich dich neulich abends getroffen habe, hast du gar

nicht erwähnt, dass du eine Reise unternehmen würdest", entgegnete er.

Ich reckte die Nase empor. „Ich sah keinen Grund dazu."

„Ich hatte meine Zunge in deinem Mund und meine Hand auf deinem Busen. Das gibt mir einen Grund, Zuckerschnute."

„Ich bin *nicht* deine Zuckerschnute", giftete ich. Die Brise löste eine Locke aus meiner Frisur und ich wischte sie energisch aus meinem Gesicht. „Und deine Hand war nicht *auf* meinem Busen, sie war auf meinem Kleid."

Er hatte mir seit dem Frühling den Hof gemacht, obwohl wir uns seit der Schule kannten. Vor kurzem hatte er mich sogar gebeten, ihn zu heiraten, was ich schnell abgelehnt hatte. Er hatte sich nicht zurückgezogen, wie ich es erwartet hatte. Stattdessen hatte er seine Absichten mit noch mehr Elan verfolgt als zuvor. Trotz meiner negativen Antwort, hatte er mich geküsst...und ich hatte es zugelassen. Bei jedem Besuch, bei jedem ruhigen Ritt, hatte er wieder um meine Hand angehalten und mich noch mehr geküsst... und ich hatte es wieder und wieder zugelassen. Er hatte mich sogar mit seinen Händen angefasst, aber nur da, wo mich mein Kleid bedeckt hatte. Ich mochte zwar den Anschein erweckt haben, als wäre mir das nicht wichtig, aber für mich war es alles. Seine Berührung, seine Aufmerksamkeiten, sein standhaftes Interesse waren der Grund, warum ich atmete. Ich konnte es ihn nur nicht wissen lassen.

„Wir sind für die nächsten zwei Stunden allein und du willst über die Lage meiner Hand streiten?" Er rutschte ein oder zwei Zentimeter die Bank hinab und machte es sich gemütlich. Dabei spreizte er seine Beine, höchstwahrscheinlich um in diesem beengten Raum eine möglichst bequeme Stellung zu finden. „Mir fallen da viel angenehmere Arten ein, wie wir die Zeit verbringen könnten."

„Wir sind nicht verheiratet, Garrison."

Er seufzte. „Ich habe an drei Gelegenheiten versucht, das zu korrigieren. Du weißt ganz genau, dass ich dich nicht vögeln werde, bis wir verheiratet sind. Das bedeutet aber *nicht*, dass wir nicht ein bisschen spielen können."

Ich schürzte die Lippen, aber unter meinem Korsett richteten sich meine Nippel auf.

„Warum fährst du nach Carver Junction?", wiederholte er. „Triffst du dich mit einem Mann?"

Meine Augen weiteten sich. Ich hatte mir keine Gedanken darüber gemacht, was *er* für den Grund meiner Reise hielt.

„Nein". Nun, irgendwie. Ich ging in Wahrheit zu einem Pokerspiel und bis zu diesem Tage war ich bei jedem Spiel die einzige Frau gewesen. Niemand zu Hause musste von meinen geheimen Aktivitäten wissen und Garrison auch nicht. „Ich besuche meine Freundin Opal. Ich werde die Nacht über bleiben und morgen zurückgehen."

„Warum habe ich noch nie von ihr gehört?"

„Ich erzähle dir nicht alles, Garrison", schnappte ich.

„Dessen bin ich mir nur allzu bewusst", grummelte er. „Deswegen frage ich dich jetzt. Wie lautet ihr Familienname?"

„Banks." Das war der erste Name, der mir einfiel.

Er beäugte mich, aber ich war sehr gut im Bluffen. Garrison schien allerdings der einzige Mann zu sein, der mich durchschauen konnte. Er war auch der einzige Mann, den ich jemals lieben könnte, aber das würde ich ihm niemals erzählen. Ich würde es auch niemals zeigen, da er dann mein wahres Ich sehen würde. Hinter all dem Gezanke und Gestreite verbarg ich, dass ich zu kämpfen hatte. Ich schmerzte innerlich und wenn er erst einmal die Wahrheit entdeckte, würde er mich nicht mehr wollen. Ich hätte ihn lieber auf diese Weise, brummig, als gar nicht. Ich holte tief Luft und reckte mein Kinn.

„Wird sie dich an der Kutsche abholen?"

Ich zuckte mit den Schultern und zupfte an meinem Ärmel. „Vielleicht, aber falls nicht, so ist es nur ein kurzer Weg zu ihrem Haus."

„Miss Trudy hat dir erlaubt, dass du ohne Begleitung reist?"

Miss Trudy war eine meiner Adoptivmütter. Sie hatte mich, gemeinsam mit ihrer Schwester Esther und mit sieben anderen verwaisten Mädchen, nach dem großen Brand von Chicago adoptiert. Wir waren als Familie nach Westen gezogen und hatten das Leben von Ranchern angenommen. Nachdem sie ein Bordell in Chicago geführt hatten, hatten beide Frauen Ruhe und Frieden im Montana Territorium gefunden. Ich wollte einfach nur dem ruhigen Landleben entkommen und es gegen die Großstadt eintauschen. Die Gewinne des Pokerspiels würden das finanzieren können. Unglücklicherweise verpasste Garrison diesem Plan einen Dämpfer, auf mehr als eine Art.

„Natürlich. Es ist nur eine Station mit der Kutsche."

Er seufzte schwer und rieb sich dann mit der Hand übers Gesicht. „Du bist die irritierendeste Person, der ich jemals begegnet bin. Ich weiß nicht, warum du mich nicht einfach heiratest."

„Ich kenne dich, seit ich fünf Jahre alt war. Wir haben uns seit diesem bedeutsamen Moment, als du mir Schnee in den Mantel gestopft hast, gehasst", grummelte ich.

Er zuckte mit den Achseln. „Ich wollte nur deine Aufmerksamkeit erlangen."

„Ich war fünf. Du warst viel älter." Ich deutete mit dem Finger auf ihn. „Du hättest nett sein sollen."

„Nett? Du hast Matsch in meine heiße Schokolade gemischt." Er blickte erst düster drein und dann lachte er über die Erinnerung.

Ich erinnerte mich daran. Ich hatte es getan, weil ich *seine* Aufmerksamkeit hatte gewinnen wollen. Rückblickend betrachtet war der Schneeball die typische Reaktion eines elfjährigen Jungen gewesen.

„Du hast meine Zöpfe in Tinte getunkt", beschuldigte ich ihn, um ihn auf seine wiederholten Missetaten hinzuweisen.

Unsere Vergangenheit war nicht von Freundschaft geprägt gewesen, eher von unseren Versuchen uns gegenseitig zu übertrumpfen. Es hatte einen kindischen Streich nach dem anderen gehagelt, aber die Dinge hatten sich verändert, als wir älter geworden waren.

Jetzt war er dran, mir meine Missetaten unter die Nase zu reiben. „Du hast Esther Martin erzählt, ich würde sie mögen. Sie war fünfzehn."

„Und?"

„Ich war zweiundzwanzig! Ich würde niemals mit einem Mädchen dieses Alters anbandeln."

Ich war damals ebenfalls fünfzehn gewesen und er hatte auch nicht mit mir angebandelt. Er hatte mir nur ein oder zwei Mal zugezwinkert, um mich auf die Palme zu bringen. Jetzt war ich allerdings kein Mädchen mehr und ich sehnte mich nach seinen Aufmerksamkeiten, obwohl ich ihn von mir stieß.

„Nun, sie hat dich gemocht", erwiderte ich schlecht gelaunt.

„Sie schielt!"

Ich schnaubte. „Sie brauchte alle Hilfe, die sie kriegen konnte."

„Sie ist mit Herbert Barnes verheiratet und hat zwei Kinder. Sie ist nicht diejenige, die Hilfe braucht."

Auf seinen Seitenhieb hin verzog ich meine Augen zu schmalen Schlitzen. Ich war zweiundzwanzig und unverheiratet.

„Du hast das hintere Teil meines Rockes abgeschnitten, sodass man meinen Schlüpfer gesehen hat! Du hast mich für alle Jungs in der Stadt ruiniert."

„Das ist ein Anblick, den ich niemals vergessen werde. Ich mochte den Spitzensaum."

Er zwinkerte.

Ich stöhnte. Danach hatte ich mich einen Monat lang nicht in der Stadt blicken lassen können.

„Wenn dich das für all diese *Jungs* ruiniert hat, dann ist es umso besser." Er nickte mit dem Kopf. „Dann hat die Aktion ihren Zweck erfüllt."

Ich runzelte die Stirn. „Was soll das heißen?"

Er ignorierte meine Frage und rieb mit seinen Fingern über sein Kiefer. „Trotz alledem hast du mich beim Herbsttanz in der Garderobe geküsst."

„Du hast mich dazu herausgefordert." Ich verschränkte die Arme vor der Brust und sein Blick sank auf meinen Busen.

„Und schau nur, was mir das gebracht hat", grummelte er. „Eine Frau, die sich weigert, mich zu heiraten."

Wir schwiegen für einige Minuten, während derer er die Prärie durch das geöffnete Fenster beobachtete. Ich starrte sein Profil an – seine kräftige Stirn, kantiges Kiefer und widerspenstiges dunkles Haar. Sein Anblick war eine viel bessere Aussicht.

„Wo hast du Opal kennengelernt?", wollte er wissen.

Er war wie ein Hund mit einem Knochen, er gab nicht auf. Entweder mussten wir bald nach Carver Junction kommen oder ich musste seine Gedanken in eine andere Richtung lenken. Ich war eine geübte Lügnerin, aber nicht gut genug, um während der restlichen Fahrt seiner Befragung standzuhalten.

„Du hast recht. Warum sollten wir streiten, wenn wir so viel angenehmere Dinge tun könnten?"

Das erregte seine Aufmerksamkeit. Er warf den Kopf herum, um zu mir zu schauen.

„Du hast mir erzählt, du würdest...ähm, nun – " Ich sah auf meinen Schoß hinab, dann unter meinen Wimpern zu ihm hoch. „Du hast gesagt, du würdest mich nicht vögeln, bis wir verheiratet sind."

Indem ich dieses verdorbene Wort aussprach, lenkte ich seine Gedanken bestimmt von der nicht existenten Opal Banks ab. Ich hatte dieses Wort noch nie zuvor in den Mund genommen und die Überraschung darüber zeigte sich deutlich auf seinem Gesicht. Das änderte sich jedoch schnell. Sein Blick verdunkelte sich und wanderte über meinen Körper. Er leckte sich die Lippen und seine Augenlider senkten sich. Da lag schon fast etwas wie... Begehren in seinem Blick.

„Das stimmt", bestätigte er, wobei seine Stimme viel tiefer war als noch vor wenigen Minuten.

„Was genau *würdest* du dann mit mir machen?"

Er schüttelte sehr langsam seinen Kopf. „Du bist nicht die Meine, Zuckerschnute. Noch nicht. Ich würde gar nichts mit dir machen." Als ich finster dreinblickte, fuhr er fort: „Du würdest es selbst tun."

Meine Augen weiteten sich vor Überraschung und ich spürte, wie meine Weiblichkeit weich wurde und pulsierte.

„Dein Gesichtsausdruck verrät mir, dass du genau weißt,

wovon ich spreche." Er beugte sich nach vorne und legte seine Unterarme auf seine Schenkel. Er war mir so nahe, dass ich meine Hand heben und sein Kiefer umfassen hätte können, aber stattdessen presste ich meine Hände aneinander, um der Versuchung zu widerstehen. „Zu wissen, dass du mit deiner Pussy spielst, macht mich hart, Zuckerschnute."

Hart? Er war hart...oh! „Du...du meinst – "

Er nickte.

„Du bist kein Gentleman", beschuldigte ich ihn, aber ich war eindeutig erregt.

„Du willst nicht, dass ich ein Gentleman bin, wenn es ums Vögeln geht. Heb deinen Hintern, damit du deinen Rock unter dir hochziehen kannst."

Die Brise befreite mich nicht von dem Schweiß, der mir auf der Stirn stand. Vereinzelte Locken klebten an meiner Haut und ich biss auf meine Lippe, während ich über seine Worte nachdachte. Wir hatten uns geküsst, recht unschuldig, und er hatte seine Hände über mich gleiten lassen. Meine Tugend wäre zerstört, würden wir erwischt werden, aber ich hegte den leisen Verdacht, dass das nichts war, was andere sich umwerbende Paare nicht auch taten. Ich hatte Garrisons Bitte um meine Hand abgelehnt, aber er hatte sich dennoch Freiheiten herausgenommen, als hätte ich zugestimmt, als wüsste er, dass ich irgendwann nachgeben würde. Vielleicht hatte er versucht, mich mit Taten statt mit Worten zu überzeugen. Ich musste davon ausgehen, dass es funktionierte, denn allein wegen der Gefühle, die er in mir weckte – ich war völlig verloren in meinem eigenen Verlangen – allein, weil er mich küsste und mich anfasste, wollte ich wissen, wie es sein würde, wenn er tatsächlich mit mir schliefe.

Aber dies...seine Anweisungen waren verboten. Wollte ich seinen Befehlen folgeleisten?

Ja, ja das wollte ich. Ich wollte mich gut fühlen. Ich wollte alles vergessen und mich seiner Stimme, seinen Befehlen hingeben. Die Privatsphäre, die die Kutsche bot, war der perfekte Ort. Wir würden nicht unterbrochen...oder erwischt werden.

Ich beugte mich nach vorne, so dass sich meine Schenkel von der Bank hoben und verrückte meinen Rock so, dass er sich nicht länger unter mir befand. Ich setzte mich mit meinem Schlüpfer zurück auf das Hartholz, während sich die Rückseite meines Rockes um meine Taille bauschte, aber weiterhin meine untere Körperhälfte bedeckte. Als das erledigt war, schaute ich ihm wieder in die Augen.

Er grinste, wodurch sein Grübchen erschien. „Gutes Mädchen."

Mein Mund war geöffnet und ich keuchte. Ich war überhitzt, aber das lag nicht länger an den heißen Sommertemperaturen.

„Spiel mit dir. Du weißt wie, oder?" Er lehnte sich zurück und stemmte seinen Fuß gegen den Rand meiner Bank.

Ich griff unter meine Röcke und spreizte anschließend meine Beine, damit ich mich dazwischen berühren konnte. Ich sah hinab auf den Boden, während ich nach meinem Schlüpfer tastete, der feucht war und an meinem heißen Fleisch klebte. Meine Finger konnten meine Falten mühelos ertasten. Auch wenn ich das schon im Schutz der Dunkelheit mit mir selbst gemacht hatte, so hatte ich es noch nie gemacht, während jemand anderes dabei zusah, ich hatte es noch nicht einmal in Erwägung gezogen. Ich hatte keine Ahnung gehabt, dass es erregend für einen Mann war, zu beobachten, wie sich eine Frau auf solche Weise berührte. Aber Garrisons Kiefer war fest zusammengepresst und seine Hände umklammerten die Sitzbank. An der Vorderseite seiner Hose war eine sehr auffällige Beule entstanden, die bewies, dass er tatsächlich...*hart* war.

Oh meine Güte.

„Schau mich an, während du dich selbst zum Höhepunkt bringst. Ich will deine Lust sehen."

Mutig berührte ich mich selbst, fand die Stelle, die die Quelle all meiner Lust war. Mit zwei Fingern beschrieb ich Kreise auf ihr, herum und herum und mein Kopf fiel zurück gegen die harte Wand. In Garrisons Augen zu blicken, ließ mein Verlangen so schnell in die Höhe schießen, dass ich kurz vor dem Höhepunkt stand. Meine Augen weiteten sich und ich schrie:

„Garrison!"

Begehren blitzte in seinen Augen auf. „Ich habe mich danach gesehnt, dass du meinen Namen einmal so ausspricht. Bist du schon bereit, zu kommen?"

Ich nickte, während sich meine Finger schneller bewegten. „Ja", flüsterte ich.

„So leicht zu erregen", murmelte er. „So begierig. Komm für mich."

Vielleicht war es der tiefe Tonfall seiner Stimme. Vielleicht war es das Verwegene, etwas so Erotisches zu tun, während er zusah. Vielleicht war es auch, weil wir zwar allein waren, ich aber draußen im Freien und entblößt war. Der Grund war jedoch nicht wichtig, es zählte einzig und allein, dass ich auf seinen Befehl reagierte und kam, so wunderbar heftig. Ich schrie auf und bog meinen Rücken durch, während mich das Vergnügen scheinbar endlos durchflutete. Währenddessen gurrte Garrison irgendetwas für mich, aber ich war zu verloren, um seine Worte ausmachen zu können. Ich wusste nur, dass es noch *nie* zuvor so gewesen war. Meine Finger und Zehen, sogar meine Ohrenspitzen, kribbelten.

Garrison zog ein Handtuch aus seiner Tasche und streckte seinen Arm aus. „Komm her, Zuckerschnute."

Seine Stimme war leise und zärtlich und ich brauchte das, da ich mich in den Nachbeben von...dem verletzlich fühlte.

Ich machte den Schritt, der uns trennte, und Garrison zog mich auf seinen Schoß. Er wischte mir den Schweiß von der Stirn und steckte meine Haare in einer sehr zärtlichen Geste zurück. Er nahm meine Hand in seine, aber anstatt sie einfach nur zu halten, hielt er sie hoch, sodass meine glänzenden Fingerspitzen sichtbar waren. Ich japste bei diesem Anblick und versuchte, ihm meine Hand zu entziehen. Anstatt mich loszulassen, saugte er die Finger, die ich genutzt hatte, um mich selbst zu befriedigen, in seinen Mund. Innerhalb eines Wimpernschlags ging er von zärtlich zu verrucht über.

„Garrison", flüsterte ich. Ich hatte noch nie in meinem Leben etwas so Erotisches gesehen.

„Süß. So verdammt süß. Ich kann es nicht erwarten, meinen Mund auf deine Pussy zu legen. Würde dir das gefallen?"

Ich nickte mit dem Kopf, mein Mund war geöffnet, da ich immer noch versuchte, zu Atem zu kommen.

Er zuckte mit den Achseln und senkte dann unsere ineinander verschränkten Hände in meinen Schoß. „Ich schätze, eines Tages wirst du einfach zustimmen müssen, meine Frau zu werden."

Ich lehnte meinen Kopf an seine harte Brust, genoss seinen sauberen, herben Geruch, während ich über seine

Worte nachdachte. Ich konnte ihn nicht heiraten, da ich nicht verlieren wollte, was wir miteinander hatten. Wenn er erst einmal mein wahres Ich kannte, würde er mich nicht mehr wollen. Er verdiente es nicht, mit mir als Ehefrau festzusitzen. Für den Moment, für diese kurze Zeit in der Kutsche, konnte ich es einfach genießen, von ihm gehalten zu werden und die Überbleibsel meines Vergnügens. Denn wenn wir erst einmal in Carver Junction ankamen, würde ich meine Verteidigungswälle gegen ihn wieder hochziehen müssen.

2

ARRISON

Dahlia würde mich noch in den Wahnsinn treiben. Sie stieß mich nicht nur von sich, indem sie jeden meiner Heiratsanträge ablehnte, sondern sie log auch noch. Sie log eindeutig und ohne jeden Zweifel. Es gab keine Opal Banks, denn ich kannte Dahlia schon so lange, dass ich auch all ihre Freunde kannte. Zur Hölle, *jeder* kannte jeden im Umkreis von fünfzig Meilen. Wenn es eine Frau in diesem Radius gäbe, die unverheiratet war, dann wäre sie jedem Junggesellen bekannt.

Fünfzehn Jahre hatten wir gestritten und gekämpft und uns herausgefordert und gezankt und uns mehr oder weniger gegenseitig gequält. Es stimmte, ich hatte ihr einen Schneeball in den Mantel gestopft, aber selbst im zarten Alter von fünf Jahren war sie...anders gewesen. Ich war ein Teufelsbraten – die Worte meiner Mutter – gewesen und hatte in der kleinen Dahlia eine verwandte Seele entdeckt. Als wir älter wurden, hatte ich sie nicht nur ärgern wollen. Ich hatte sie küssen wollen. Zu der Zeit, als sie fünfzehn geworden war, hatte sie den Körper einer Frau angenommen – runde Kurven, dichte dunkle Haare und Haut so hell und cremig wie Milch. Aber ich war zu alt für sie gewesen und hatte mich zurückgezogen, um ihr Zeit zum Erwachsenwerden zu geben.

Hatte sie das davon abgehalten, mich weiterhin zu ärgern? Nein. Meine mangelnde Aufmerksamkeit hatte sie scheinbar nur noch zu haarsträubenderen Missetaten angestachelt, einschließlich ihres Streichs mit Esther Martin. Auch wenn das Mädchen nicht so unattraktiv gewesen war, wie ich sie dargestellt hatte, war es Dahlia gewesen, die ich gewollt hatte. Niemand hielt dem Vergleich mit ihr stand. Nach all diesen Jahren war Dahlia immer noch die Eine für mich.

Unglücklicherweise musste ich sie erst noch dazu bringen, mich im gleichen Licht zu sehen. Nachdem ich ihr für mehrere Monate den Hof gemacht hatte, kannte sie meine Absichten, wusste von meiner Anziehung ihr gegenüber, da ich ihr sogar deren Auswirkungen gezeigt hatte. Ich *wollte* sie unbedingt vögeln, sie unter mich ziehen – oder auf mich – und ihr zeigen, wie es zwischen uns sein könnte.

Sie war leidenschaftlich, daran hegte ich keinerlei Zweifel. Ich schmeckte den Beweis auf meiner Zunge.

Aber obwohl sie mich am Hemd gepackt hatte, um mich für einen Kuss näher zu sich zu ziehen, stieß sie mich mit ihren Ablehnungen und abgedroschenen Kommentaren von sich. Sie verbarg etwas. Sie verweigerte sich mir wegen *etwas*. Als mir ihr Schwager Jackson erzählt hatte, dass sie nach Carver Junction fahren würde, hatte ich mich gefragt

Revolver & Röcke

warum. Der Grund, den sie ihm genannt hatte, entsprach der Geschichte, die sie mir in der Kutsche aufgetischt hatte, aber ich konnte ihre Lüge direkt durchschauen. Sie war sehr gut im Lügen, da sie mir keinen richtigen Grund gab, an ihren Worten zu zweifeln, aber nicht jeder kannte sie so gut wie ich. Nicht jeder konnte an der erfundenen Geschichte vorbeischauen und...*sie* sehen.

Aber, so wie ich Dahlia kannte, wusste ich auch, dass ich sie nicht drängen durfte. Ich würde sie liebend gern über mein Knie legen und ihr die Wahrheit mit gezielten Schlägen auf den Po entlocken, aber sie war nicht die Meine. Ich konnte sie nicht kontrollieren, ohne sie vorher für mich zu beanspruchen. Wenn sie erst einmal die Meine war, wenn wir erst einmal rechtmäßig verheiratet waren, würde ich auf jeden Fall jedes ihrer Geheimnisse erfahren, indem ich jede motivierende Methode einsetzte, die nötig wurde. Fürs Erste konnte ich nur auf sie aufpassen und sie beschützen, aller Wahrscheinlichkeit nach vor sich selbst.

Als ich ihr aus der Kutsche half und keine Opal Banks auf sie wartete, tippte ich mir zum Abschied an den Hut und lief davon. Erst, als ich den ersten Block umrundet hatte, lief ich zurück und folgte ihr. Sie war aus einem Grund in Carver Junction und ich würde herausfinden, was das war.

―――

An jenem Abend juckte es mich in den Fingern, sie zu packen, mir über die Schulter zu werfen und sie aus dem Saloon zu tragen. Sie gehörte nicht an einen so schmutzigen, gefährlichen Ort. Warum zur Hölle war sie dort hineingegangen? Mein Magen verknotete sich und Wut über ihre völlige Missachtung ihrer persönlichen Sicherheit loderte in mir auf. Hatte sie die Männer gesehen, die ihr nach drinnen gefolgt waren und sich gegenseitig die verdorbenen Pläne, die sie für sie hatten, zuflüsterten? Ich wollte ihre Gesichter einschlagen für die Art, wie sie über sie sprachen, aber dann hätte sie bemerkt, dass ich sie beschattete und hätte ihre Pläne aufgegeben und ich würde nie erfahren, was sie vorhatte.

Hatte sie sich in etwas Bösartiges verwickeln lassen? Schuldete sie jemandem Geld? Gab es einen Mann, der sie erpresste? Hatte sie einen Verehrer? Ich lehnte mich gegen die Brüstung vor dem Saloon und zweifelte an dem Letzten. Sie empfand das Gleiche für mich wie ich für sie; dessen war ich mir sicher. Die Art, wie sie sich auf meinen Schoß gesetzt und ihre Hände sich praktisch an mich geklammert hatten, war der einzige Hinweis, den ich brauchte.

Das Innere des Saloons war hell und ich konnte sie deutlich an einem Tisch mit drei anderen Männern sehen. Eines der Saloonmädchen, das nur spärlich in einem Unterkleid und Korsett gekleidet war, beugte sich über die Schulter eines der Männer. Eine Flasche Whiskey stand in der Mitte des Tisches und wenn ich es nicht besser wüsste –

Heiliger Bimbam. Sie würde Poker spielen!

Der Mann zu ihrer Linken mischte die Karten und teilte sie aus.

Blecherne Klaviermusik waberte jedes Mal zu mir hinaus, wenn sich die Tür öffnete und schloss. Der Saloon war nicht übermäßig gefüllt, aber jeder Mann in dem Laden hatte ein Auge auf die Dame gerichtet, die Poker spielte. Sie trug den gleichen Rock und Bluse wie vorhin und, sogar von hinten, sah sie anständig und sittsam aus im Vergleich zu dem leicht bekleideten Mädchen, das höchstwahrscheinlich nur zuschaute, um herauszufinden, welcher Mann mit dem Gewinn von dannen zog.

Karten wurden auf dem Tisch umgedreht, neue Karten ausgeteilt. Münzen wurden in die Mitte geworfen. Der Mann zu Dahlias Rechten gewann das erste Spiel. Karten wurden gemischt und ausgeteilt. Züge gespielt. Dahlia verlor drei Spiele in Folge. Sie rutschte nicht auf ihrem Stuhl herum. Ihr Rücken blieb steif und gerade.

Was machte sie nur? Diese Männer hätten nicht jeder daher gelaufenen Dame erlaubt, Karten mit ihnen zu spielen. Nun, vielleicht hätten sie das, wenn sie nur genug Geld dabei hatte. Hatte sie das? Von meinem Standpunkt aus konnte ich das nicht abschätzen, aber sie begannen ein neues Spiel. Dieses Mal gewann sie. Ich beobachtete, wie sie ihre Gewinne von der Mitte zu sich zog.

Ein Mann kippte sich ein Whiskeyglas hinter die Binde. Ein anderer zündete eine Zigarre an. *Sie* rutschten auf ihren Stühlen herum, ihr Missfallen darüber, von einer Frau besiegt zu werden, war offenkundig. Das eskalierte, als sie auch die nächsten drei Partien gewann. Der Mann ihr gegenüber warf frustriert seine Karten auf den Tisch und erhob sich, wobei sein Stuhl umkippte. Er marschierte mit dem leicht bekleideten Mädchen davon, aber nicht bevor er etwas zu Dahlia gesagt hatte, von dem ich nur annehmen konnte, dass es nichts Nettes gewesen war. Sie zuckte nicht einmal mit der Wimper. Aber wenn sie weiterhin gewinnen würde, würden die Männer immer erboster darüber werden, insbesondere wenn sie weiterhin tranken.

Es war an der Zeit, mich bemerkbar zu machen. Poker zu spielen, war nicht ein geheimes Treffen mit einem Mann. Zur Hölle, ich wünschte mir fast, dass das der Fall wäre, denn dann könnte ich ihm einen Haken verpassen und es wäre erledigt. Dieses...*Spielen* ging allein von Dahlia aus und ich würde sie vor sich selbst beschützen müssen.

Ich betrat den Saloon, ging zur Bar und bestellte einen

Whiskey. Ich nahm ihn mit und stellte mich hinter den leeren Stuhl an ihrem Tisch. „Ich schließe mich dem Spiel an", verkündete ich. Ich fragte nicht. Ich teilte es mit. Ich setzte mich und warf einige Scheine auf den Tisch vor mir.

Ich schaute kurz zu Dahlia. Ihre Augen waren weit aufgerissen und ihr Mund geöffnet. Ich hatte das Gefühl, dass sie zum ersten Mal an diesem Abend ihre Maske fallen ließ. Kein Wunder, dass sie so gut im Lügen war. Sie konnte bluffen wie die Pokerspielerin, die sie war.

„Teil mir auch Karten aus." Ich legte Geld in die Mitte, die anderen folgten meinem Beispiel.

Mit flinken Fingern mischte sie die Karten mit überraschendem Geschick. Wann zur Hölle hatte sie das Spiel gelernt? Sie teilte die Karten aus und legte anschließend den Kartenstapel vor sich.

Der Mann zu ihrer Rechten bat um zwei Karten. Sie reichte sie ihm. Ich fragte nach einer, der Mann zu ihrer Linken bat auch um eine. Sie nahm sich ebenfalls eine.

Jeder ging mit.

Einer warf die Karten hin. Ein anderer verlangte, dass die Karten auf den Tisch gelegt wurden.

Wir zeigten unsere Karten. Ich hatte zwei Gleiche, der andere eine Straße. Dahlia hatte ein Full House und zog wieder das Geld zu sich. Ihr Haufen war sehr viel größer als der der anderen.

Sie war in ihrem Element, strahlte Selbstvertrauen und eine Sicherheit aus, die ich nie zuvor an ihr gesehen hatte. Auch wenn sie alles andere als schüchtern war, so war sie doch nie übermäßig abenteuerlustig gewesen. Was sie hier tat, lag eher auf der gefährlichen Seite. Davon einmal abgesehen, hatte sie noch nie so wunderschön ausgesehen. Sie sah in dem schmutzigen Saloon wie ein Engel aus, sauber und rein und so perfekt.

Zur Hölle, sie war keine Heilige, denn sie *spielte*, im Geheimen, in einer entfernten Stadt, in einem Raum voller fremder Männer. Für mich *war* sie allerdings perfekt. Zu wissen, dass sie so gewieft war, dass sie diesen Plan geschmiedet und ihn durchgezogen hatte, und das sogar erfolgreich, wenn ich raten dürfte, beeindruckte mich und ich verliebte mich noch mehr in sie. Ich würde ihr aber nur erzählen, wie stolz ich auf sie war, nachdem ich sie dafür bestraft hatte, dass sie so gedankenlos und unvorsichtig gewesen war. Ich freute mich darauf.

Das Spiel wurde für einige weitere Runden fortgesetzt und ich lernte ihre Strategie, ihre Technik kennen. Ich wusste, wann sie mit Absicht verlor, um die männlichen Egos zu besänftigen, die letzten Endes deren Untergang sein würden. Sie spielten, um zu gewinnen. Ich jedoch spielte, um mehr über Dahlia zu erfahren. Das Bargeld, das ich verlor, war eine Nebensächlichkeit. Der wahre Preis war das Wissen um die Wahrheit, ein für alle Mal.

Es war an der Zeit, Dahlias Pläne zu ändern, also hörte ich auf, zu verlieren.

Eine Partie nach der anderen, wanderte der Haufen vor ihr langsam zu mir.

„Nun, kleine Dame, sieht so aus, als ob du endlich einen Ebenbürtigen gefunden hast", meinte einer der anderen Männer.

Sie schürzte die Lippen und sah mich dann aus schmalen Augen an, wobei sie zweifellos jegliche Willenskraft aufbringen musste, um mich nicht entweder verbal zu attackieren – was seinen Reiz hatte – oder über den Tisch zu springen und mich zu erwürgen.

„Hast du das, Zuckerschnute? Deinen Ebenbürtigen getroffen?", fragte ich mit leiser und ruhiger Stimme. Ich zwinkerte ihr zu.

Obwohl sich ihre Wangen röteten, schwieg sie.

„Ist sie immer so ruhig?", fragte ich die anderen Männer.

Einer zuckte mit den Achseln. „Bisher war sie das heute Abend."

„Ihr habt noch nie zuvor gegen sie gespielt?" Ich mischte die Karten.

Sie schüttelten die Köpfe.

„Wie lautet dein Name, Zuckerschnute?" Sie würde sicherlich nicht ihren richtigen Namen verraten.

„Opal", sagte sie mit zusammengepressten Zähnen.

„Opal Banks?", fragte ich. „Ich habe von dir gehört."

Ich sah, dass sich ihr Mundwinkel hob, aber sie holte tief Luft und nahm die Karten auf, die ich ausgeteilt hatte. „Hat sie beim Poker im ganzen Gebiet abgeräumt?"

Ein Mann nickte, während er eine große Wolke Zigarrenrauch ausatmete. „Ich hab gehört, drüben in Shelby hat sie dem Sheriff und Stadtarzt das Geld aus den Taschen gezogen."

„Genug Kohle, um eine Ranch zu kaufen", fügte der andere hinzu.

„Also wirklich, meine Herren", schalt sie, während sie eine Karte nach der anderen aufnahm. Ich verteilte die Karten langsam, damit das Gespräch fortgesetzt werden konnte. „Als nächstes werden Sie noch behaupten, dass ich auf einem mystischen Einhorn in die Stadt geritten bin."

Die Männer warfen ihren Einsatz in die Mitte. Dahlia folgte ihrem Beispiel, aber hatte dem nichts mehr hinzuzufügen.

Wir schauten unsere Karten an und dann verteilte ich neue, wie sie gebraucht wurden.

Überraschenderweise gaben beide Männer auf. Jetzt waren nur noch Dahlia und ich übrig.

Ich erhöhte.

„Sieht so aus, als hättest du nicht genug, Miss Banks", feixte ich. „Vielleicht ist der Name doch nicht so passend."

Die anderen Männer glucksten und Dahlia kniff wütend die Augen zusammen.

„Vielleicht würden Sie etwas anderes als Preis akzeptieren?" Sie nahm einen ihrer Ohrringe ab und warf ihn in die Mitte.

Ich schüttelte den Kopf. „Ich trage keine. Ich wäre jedoch etwas anderem gegenüber nicht abgeneigt."

Sie beäugte mich misstrauisch und ich versuchte, nicht zu lächeln. „Oh?", fragte sie und reckte ihr Kinn.

Ich kratzte mich am Kiefer, meine Bartstoppeln machten ein schabendes Geräusch. Ein weiteres leicht bekleidetes Mädchen, das den Haufen Geld vor mir sah, kam zu mir herüber und legte sogar ihre Hand auf meine Schulter. Dahlias Augen hefteten sich auf die Hand der Frau und wurden schmal. Ich scheuchte sie weg und die Frau lief mit kaum vorhandener Enttäuschung davon.

„Wenn ich gewinne…"

Ich ließ den Satz unvollendet in der Luft hängen.

„Ja?", fragte sie jetzt ungeduldig. Sie tippte mit den Karten gegen den Tisch, das erste Anzeichen von Emotionen bisher.

Ich beugte mich in meinem Stuhl nach vorne, legte meine Unterarme auf den Tisch. Obwohl auch noch andere Männer am Tisch waren, wirkte es, als wären wir die Einzigen im Raum. „Wenn ich gewinne, heiratest du mich."

Ich hörte die anderen lachen und nach mehr Whiskey rufen, aber ich wandte den Blick nicht von Dahlia, von ihrem verblüfften Gesicht.

„Dich heiraten? Bist du verrückt?" Als ich nicht antwortete, schürzte sie die Lippen. „Was erhalte ich, wenn ich gewinne?"

Ich schob den Haufen Münzen und Scheine in die Tischmitte. „Genau das, weshalb du hierhergekommen bist."

Sie biss auf ihre Lippe. „Das ist alles? Du wirst es nicht weitererzählen?"

Ich schüttelte langsam den Kopf, beeindruckt darüber, dass sie annahm, sie würde gewinnen. Sie war so selbstbewusst, dass sie nicht einmal den Ernst meiner Worte bedachte. Sie würde schon bald herausfinden, wie ernst ich es meinte. „Ich werde es niemandem verraten. Dein Geheimnis, alles, ist bei mir sicher."

„Du kannst *mich* stattdessen heiraten", scherzte einer der Männer.

Sie spielte an den Karten herum und ignorierte den anderen Mann, während sie meine Worte überdachte.

„Komm schon, *Opal*", sagte ich und zwinkerte dann wieder. „Ich fordere dich heraus."

3

AHLIA

Ich hatte verloren. Verloren! Ich hatte keine Ahnung, wie das hatte passieren können. Mit den ursprünglich ausgeteilten Karten hatte ich vier Karos erhalten. Ich hatte die Kreuzkarte abgelegt und meine unbeteiligte Miene beibehalten, als mir Garrison die neue Karte gereicht hatte. Ein weiteres Karo, was bedeutete, dass ich einen Flush hatte. Einen Flush! Es gab nicht viel, was höher war als das. Ich war mir sicher gewesen, ich würde Garrison nicht heiraten müssen. Er würde mir meine Gewinne aushändigen und mein Geheimnis für sich behalten. Vor Erleichterung hatte ich meinem Mund sogar erlaubt, sich zu einem kleinen Lächeln zu verziehen, als ich meine Karten auf den Tisch gelegt hatte. Die Männer am Tisch hatten gepfiffen und mit Garrison darüber gescherzt, dass ich ihm durch die Lappen gegangen wäre.

Von all den Malen, bei denen wir versucht hatten,

einander zu übertrumpfen, war dies das Größte gewesen. Vielleicht würde mich Garrison nun endlich als würdige Gegnerin akzeptieren und aufgeben. Obwohl ich zufrieden gewesen war, hatte ich auch etwas wie Traurigkeit verspürt.

Aber mein Triumph hatte nur Sekunden angehalten, bis Garrison einen Straight Flush auf das zerkratzte Holz gelegt hatte. Es war kein Royal Flush, denn das Ass fehlte, aber das war egal. Er hatte gewonnen. Ich saß reglos da und starrte die Karten an. Mein Herz raste und meine Handflächen wurden feucht vor Schweiß. Oh guter Gott.

Die Männer sprangen auf und johlten, dass jemand den Sheriff holen sollte. Für einen winzigen Augenblick dachte ich, ich würde verhaftet werden, aber dann wurde mir bewusst, dass der Gesetzeshüter die Zeremonie durchführen würde. Ich zweifelte nicht daran, dass Garrison erwartete, dass ich mein Ende des Deals einhielt und ich schätzte, dass die anderen Spieler das Gleiche tun würden. Wenn ich jemals wieder im Montana Territorium Poker spielen wollte, musste ich meine Vereinbarung als Gentleman ehren, obwohl ich definitiv *kein* Gentleman war. Die Neuigkeiten sprachen sich schnell herum und ich würde mit größter Wahrscheinlichkeit berühmt berüchtigt werden, jedoch nicht als Pokerspielerin, sondern als die Pokerspielerin, die ihren Gegner hatte heiraten müssen.

Durch meine Wimpern blickte ich zu Garrison. Er hatte sich nicht bewegt, sondern sah mich einfach nur an mit einem leichten Lächeln im Gesicht. Ich hatte angenommen, dass er selbstgefällig wirken würden, aber stattdessen sah er fast schon...zärtlich aus. Das hier – mich zu heiraten – war genau das, was er die ganze Zeit gewollt hatte. Er war dafür bereit gewesen, weshalb das hier für ihn nicht nur ein Pokerspiel gewesen war. Es war ein Weg zum Ziel gewesen.

„Kopf hoch, Zuckerschnute. Es ist nicht alles schlecht. Denk nur, heute Nacht ist deine Hochzeitsnacht."

Ich schluckte hart bei dem Bild, das seine Worte zeichneten. Das bedeutete, dass mich Garrison endlich vögeln konnte. Er hatte auf diese Gelegenheit gewartet, genauso wie ich. Ich würde mich nicht mehr selbst berühren müssen, während ich an Garrison dachte. Aber das bedeutete auch, dass er mich nackt sehen würde, mein wahres Ich, alles von mir, einschließlich meiner Narben. Das wäre der Anfang vom Ende. Kein Mann wollte eine Frau, deren Haut vernarbt und hässlich war. Wulstig und rosa von Verbrennung eines wilden Feuers. Er wollte mich vielleicht vögeln, er mochte hart werden, indem er mich küsste und über meinem Kleid berührte, aber genauso wie bei den Huren, die auf der Suche nach Arbeit durch den Saloon wandelten, war meine äußere Erscheinung nur eine Fassade.

Die Männer von dem Spiel kehrten allzu schnell mit dem Sheriff zurück. Garrison erhob sich und schüttelte die Hand des älteren Mannes. Zwischen dessen Lippen klemmte der Stummel einer nicht entzündeten Zigarre.

„Wenn ich geholt werde, um in den Saloon zu eilen, passiert das normalerweise wegen irgendwelchem Ärger", meinte er, während er an seinem Gürtel zog und sich so Zeit verschaffte, um wieder zu Atem zu kommen. Er sprach deutlich, selbst mit der Zigarre im Mund. „Eine Hochzeit war nicht unbedingt das, was ich erwartet habe." Er zog den Hut vor mir. „Ma'am."

Ich schenkte ihm ein schwaches Lächeln und erhob mich, als Garrison zu meiner Stuhllehne ging und sie für mich herauszog. Garrison nahm meinen Ellbogen in seine Hand. Ich war mir nicht sicher, ob er mich nah bei sich behalten wollte, weil er seinen Anspruch auf mich verdeutlichen wollte oder um mich davon abzuhalten, doch noch wegzurennen.

„Ich hatte gehört, dass im Saloon eine Frau wäre, die Poker spielt, aber ich wusste nicht, dass es sich um eine Dame handelte. Ich nahm an, es wäre Belle oder Lorelei", er deutete mit dem Kopf zu den Frauen, die während des Spiels zum Tisch gekommen waren, „die nach Aufmerksamkeit heischt. Ich muss fragen, Miss, ob diese Hochzeit wirklich das ist, was Sie wollen. Kein *Gentleman* wird Sie zu so einer Verpflichtung zwingen."

Er schaute bedeutungsvoll zu Garrison.

Ich reckte mein Kinn. Er stellte Garrisons Ehre infrage. Der Mann deutete zwar an, dass Garrison keine hätte, wenn er mich dazu zwänge, meine Spielschulden einzulösen, aber *ich* wäre weniger als ehrenhaft, würde ich sie nicht einlösen. „Ich versichere Ihnen, Sheriff, ich stehe nicht unter Zwang."

Er zog die Zigarre heraus, verzog die Augen zu Schlitzen und dachte nach. Die Männer von dem Spiel standen zu beiden Seiten von ihm.

„Na schön", erwiderte er schließlich. „Namen, bitte."

Garrison sah auf mich hinab und nannte dem Mann seinen Namen, aber drehte sich nicht um. War das das, was ich wollte? War *er*, was ich wollte? Tief in meinem Inneren machte ich Luftsprünge. Ich hatte das Ja nicht wahrhaftig aussprechen müssen. Ich heiratete ihn wegen Pech beim Poker, nicht wegen etwas anderem.

Als sich der Sheriff räusperte, um mich an seine Bitte zu erinnern, antwortete ich: „Dahlia Lenox."

„Ich dachte, dein Name wäre Opal", sagte einer der anderen Männer, aber der Sheriff übertönte ihn.

„Willst du, Garrison Lee, diese Frau zu deiner Ehefrau nehmen?"

Ich wandte mich dem Sheriff zu. Er steckte die Zigarre zurück in seinen Mund.

„Ja, ich will", sagte Garrison. Seine Hand glitt meinen Arm hinab und er ergriff meine Hand und drückte sie kurz.

„Willst du, Dahlia Lenox, diesen Mann zu deinem Ehemann nehmen?"

Das war er, der Moment, ab dem es kein Zurück mehr gäbe. Ich könnte jetzt meine Hand aus seiner reißen und zur Tür rennen. Garrison würde mir höchstwahrscheinlich nicht folgen und mich zurückschleifen. Ich kannte ihn gut genug, um zu wissen, dass er mich nicht wirklich zu dem hier zwang. Wenn ich mich weigerte, würde ich jahrelang Scham über meine Taten verspüren. Außerdem liebte ich ihn und *wollte* ihn heiraten. Ob er mich später ablehnen würde oder nicht, ob er von meinem Körper angewidert sein würde oder nicht, war nichts, über das ich mir in diesem Moment Sorgen machen wollte. Das würde noch früh genug passieren, aber fürs Erste genoss ich einfach die Tatsache, dass mich Garrison wollte. Er liebte mich und band sich für den Rest seines Lebens an mich.

Schon allein aus diesem Grund sagte ich: „Ja, ich will."

„Dann erkläre ich euch hiermit zu Mann und Frau. Herzlichen Glückwunsch."

Als er Garrisons freie Hand schüttelte, war ich verwundert, wie schnell es passiert war. Es hatte weniger als eine Minute gedauert und jetzt war ich eine verheiratete Frau.

„Ma'am", sagte der Sheriff.

Die Klaviermusik war jetzt lauter, die Stimmen und das raue Gelächter zerrten an meinen Nerven. Der dichte Nebel des Zigarrenrauchs reizte meine Augen. Die Männer wirkten rauer, die Frauen billiger. Warum hatte ich nichts davon zuvor bemerkt? Warum hatte ich nicht bemerkt, wie gut es sich anfühlte, Garrison an meiner Seite zu haben?

„Es war ein vergnügliches Kartenspiel, Gentleman, aber ihr versteht sicherlich, dass wir euch jetzt verlassen werden", murmelte Garrison. Er gab meine Hand frei und sammelte seine Gewinne ein, wobei er jedem der Männer eine Münze zuwarf. „Dafür, dass ihr Zeugen unserer glückseligen Vermählung wart."

Die Männer schlugen ihm auf den Rücken, bevor sie zur Bar liefen, um ihre neugewonnenen Münzen zu verbraten. Garrison wandte sich mir zu und streckte seine Hand aus. „Bereit?"

War ich bereit? Bereit, Mrs. Garrison Lee zu sein? Ich war nicht mehr Dahlia Lenox und in kurzer Zeit würde ich auch nicht mehr Jungfrau sein. Die Frage, die blieb und mir den Magen umdrehte, war jedoch, wie lange es dauern würde, bis er meine Narben entdeckte. Ich würde einen Weg finden müssen, das hinauszuzögern. Könnte ich, trotz meines fehlenden Wissens über die Vereinigung von Mann und Frau, meine Jungfräulichkeit verlieren, ohne meinen Ehemann zu verlieren?

―――

GARRISON

In all den Jahren, in denen ich sie gekannt hatte, war Dahlia nie so schweigsam gewesen. Während des kurzen Spaziergangs zum Hotel sprach sie kein Wort. Nagten doch Zweifel an ihr? Hatte sie mich wirklich heiraten wollen? Wenn sie sich geweigert hätte, hätte ich sie nicht für ihre Spielschulden, die Herausforderung zur Verantwortung gezogen. Das Letzte, was ich wollte, war, dass Dahlia meine widerwillige Braut war. Zur Hölle, ich wollte nicht, dass sie widerwillig war. Ich wollte alles andere als das.

Als ich die Hoteltür hinter uns schloss und sie zu mir trat und mich küsste, lernte ich schnell, dass ich mich möglicherweise geirrt hatte. Als sie mir den Hut vom Kopf stieß und dann mit ihren Fingern durch meine Haare fuhr, wusste ich mit Sicherheit, dass ich einem Irrtum unterlegen war. Ich stand da, schockiert über Dahlias Forschheit. Obwohl ich wusste, dass sie weit davon entfernt war, demütig zu sein, hatte ich auch nicht erwartet, dass sie so forsch wäre. Vielleicht war sie nicht so zurückhaltend, wie ich gedacht hatte. Ich hatte angenommen, dass alle Jungfrauen beim ersten Mal ein wenig Überredung bräuchten, um ins Bett zu kommen, aber als ihre Zunge über meine geschlossenen Lippen glitt, bewies Dahlia, dass ich mich auch bei dieser Vermutung geirrt hatte. Ich stöhnte bei ihrer Dreistigkeit auf, packte ihre Hüften und schob sie zurück.

Ich hätte einfach tun sollen, was sie wollte, da mein Schwanz das Gleiche wollte – schnelle Glückseligkeit – aber nein. Sie war endlich die Meine. Ich wischte mir mit dem Handrücken über den Mund und machte anschließend einige beruhigende Atemzüge. Einer von uns musste die Kontrolle bewahren. „Dahlia, wir haben die ganze Nacht. Außerdem möchte ich sehen, wie dein Hintern einen schönen Rosaton zur Strafe für dein verantwortungsloses Handeln annimmt."

„Mein…? Du würdest mich bestrafen?", fragte sie mit großen Augen.

Mein Schwanz drückte schmerzhaft gegen meine Hose, aber er würde noch ein Weilchen leiden müssen. „Irgendjemand muss dich auf jeden Fall dafür bestrafen, dass du in einen beschissenen Saloon gegangen bist und Poker gespielt hast. Als dein Ehemann fällt mir jetzt diese Aufgabe zu." Meine Hand zuckte bereits in dem Wunsch, sie über mein Knie zu legen und sie zu der Einsicht zu bringen, wie unüberlegt ihr Verhalten gewesen war. Weiß Gott, wie lange sie schon Karten spielte und weiß Gott, wo sie dafür hingefahren war.

Sie schüttelte den Kopf. Ihre Lippen waren feucht und leuchtend rosa und ihre Brüste hoben und senkten sich mit jedem hastigen Atemzug. „Nein. Bitte. Ich...ich habe so lang auf dich gewartet. Ich brauche dich. Ich brauche es, dass... dass du mich vögelst."

Mein Schwanz wurde bei ihren Worten sofort hart, vor allem da sie mit solch atemloser Stimme ausgesprochen wurden. Allein das Wort „vögeln" von ihren Lippen zu hören, brachte mich an die Grenzen meiner Kontrolle.

„Denkst du etwa, dass du mich von deiner Bestrafung ablenken kannst?"

Sie lächelte schelmisch. „Funktioniert es?"

„Zur Hölle, ja."

Indem sie ihre Hand um meinen Nacken schlang, zog sie meinen Kopf zu ihrem hinab. Auch wenn sie einen weiteren Kuss initiiert hatte, übernahm ich schnell, neigte ihren Kopf so, wie ich es wollte, und plünderte ihren Mund. Sie war nicht schüchtern. Sie war so verdammt forsch. Ich zog sie an mich, sodass sich unsere Körper berührten und ihre Brüste gegen meine Brust drückten. Ich spürte die weichen Kurven ihrer Hüften, das schmerzhafte Ziehen ihrer Finger in meinen Haaren. Meine Güte, sie war wild!

Sie war auch eine eifrige Schülerin, da sie schnell lernte, wie man küsste. Ich hatte ihr die Grundlagen bei den Gelegenheiten, in denen wir einige verstohlene Momente miteinander genossen hatten, beigebracht, aber das hier...

das war etwas völlig anderes. Es war, als wären wir gierig nacheinander. Am Verhungern. Und es gab keinen Grund, aufzuhören. Scheiß auf die Bestrafung. Sie war meine Frau und ich konnte sie für den Rest meines Lebens küssen. Mein Schwanz hatte da etwas anderes im Sinn und als sich ihre Hände anschickten, die Knöpfe meines Hemdes zu öffnen, zuckte er in meiner Hose.

Ich atmete schwer, während ich ihr Kiefer entlang küsste, den zierlichen Wirbel ihres Ohres. Ich knabberte an dem zarten Ohrläppchen und sie riss mein Hemd auseinander, sodass die Knöpfe in alle Richtungen flogen.

Heiliges Kanonenrohr, die Frau war begierig.

„Ich habe mich danach gesehnt, deinen Körper zu sehen", keuchte sie, während ihre kleinen Hände über meine Brust und Bauch strichen.

Ich zischte bei der Berührung auf. „Dahlia. Du kannst mich ablenken. Du kannst deine Bestrafung sogar hinauszögern. Das bedeutet aber nicht, dass sie nicht vollzogen wird. Später."

Ich griff nach den Knöpfen an ihrer Bluse, öffnete einen, dann zwei, bevor sie meine Hände wegschlug und sich meinem Gürtel zuwandte. „Schön. Später. Aber jetzt will ich ihn sehen."

Meine Augen schossen bei ihrer Dreistigkeit in die Höhe. Leuchtend rote Flecken zeichneten sich auf ihren Wangen ab, ihre Lippen waren von meiner Aufmerksamkeit geschwollen und sie atmete so abgehackt wie ich.

„Du willst meinen Schwanz sehen, Zuckerschnute?" Ich holte tief Luft und freute mich über meine frisch angetraute Frau und ihren Eifer. Ich wollte ihn ihr zeigen und ich wollte auf jeden Fall ihren Gesichtsausdruck sehen, wenn ich das tat.

Sie nickte und leckte über ihre Lippen. Ich kam fast an

Ort und Stelle. Warum sollte ich ihr wegen einer Bestrafung, die ich auch zu anderer Zeit durchführen könnte, das vorenthalten, was ihr Herz begehrte? „Na schön, hol ihn raus."

Ich lehnte mich zurück gegen die Tür und spreizte meine Beine, um ihr besseren Zugang zu gewähren.

Mit zitternden Fingern öffnete sie den Gürtel, dann den Hosenschlitz. Sie blickte kurz zu mir hoch, bevor sie den Stoff über meine Hüften nach unten schob. Mein Schwanz sprang heraus und sie saugte scharf die Luft ein. Ich war nie in meinem Leben härter gewesen.

Sie hob eine Hand, als ob sie ihn berühren wollte und ich hielt erwartungsvoll die Luft an, aber sie zog sie zurück, als hätte sie Angst. Ich nahm ihre Hand und legte sie auf meine dicke Länge.

„Es ist in Ordnung. Du kannst ihn anfassen", knurrte ich. „Pack ihn. Fester."

Das tat sie.

„Er...tropft", staunte sie.

„Das ist für dich. Das bedeutet, dass ich bereit bin, dich zu vögeln."

Ihre dunklen Augen waren so ausdrucksvoll, ein Fenster zu ihrer Seele. Jetzt sah ich Eifer, Neugier und einen Hauch Sorge, aber nichts, was ich nicht von einer Jungfrau erwartet hätte.

„Das...das will ich auch." Sie strich mit ihrem Daumen über die empfindliche Spitze, was von der feuchten Essenz dort erleichtert wurde. Ich war so erregt, dass meine Hüften gegen ihre Hand ruckten.

„Dann wollen wir dich mal ausziehen."

Sie betrachtete mich kurz alarmiert, bevor sie mich wieder küsste. Unterdessen begann die Hand auf meinem Schwanz dessen Länge hinaufzugleiten, als ob sie ihn kennenlernen wollte. Sie brachte mich um den Verstand und ich stand kurz davor, die Kontrolle zu verlieren. Ich wollte, dass das erste Mal mit Dahlia zärtlich war, langsam – ein Erwachen – wie es eine Jungfrau verdiente. Aber wie gewöhnlich war sie nicht wie die anderen Frauen und ich hätte nichts Langsames und Zahmes erwarten sollen.

Sie war heiß und wild. Eine Raubkatze, eine Femme Fatale, eine Sirene. Ich war nur ein Mann und es gab nichts, das ich tun konnte außer mich ihr zu ergeben.

„Du machst mich hart", hauchte ich gegen ihren Mund.

Ihre Finger streichelten meine Länge hinab. „Er wird noch härter?", fragte sie, kurz bevor ihre Zunge meine fand.

Als ich nach Luft schnappte, sagte ich: „Du machst es hart...mir schwer, sanft zu sein."

„Ich will es nicht sanft. Ich will, dass du mich vögelst."

„Meine Güte, Dahlia."

So wie sich ihre Hand meinen Schwanz hoch und runter bewegte, hätte ich angenommen, dass sie das schon mal gemacht hatte oder zumindest eine Lektion darüber entweder von Rose oder Hyacinth, ihren verheirateten Schwestern, erhalten hatte. Ich konnte mir jedoch nicht vorstellen, dass die schüchterne Hyacinth ihrer sehr viel forscheren Schwester irgendwelche Tipps gab, also blieb nur Rose übrig. Sie standen sich allerdings nicht gerade nah, weshalb ich mir vorstellen musste –

Eine perfekte Bewegung beraubte mich jeglicher Gedanken, während meine niedersten Bedürfnisse die Kontrolle übernahmen. Ich packte Dahlias Schultern, wirbelte sie herum und drückte sie gegen die Tür.

„Du willst gevögelt werden, Zuckerschnute?"

Sie leckte ihre Lippen, ihre Augen waren verschleiert und glasig vor Erregung. Bis auf den Kuss hatte ich sie noch nicht einmal berührt.

„Ja. Bitte", flehte sie.

„Dann lass uns sehen, ob du bereit für mich bist. Ich kann nicht sanft sein, Dahlia. Du hast mich zu weit getrieben."

Sie schüttelte den Kopf, wodurch eine Locke in ihr Gesicht fiel. Ich strich sie zurück und steckte sie hinter ihr Ohr. „Ich will es nicht sanft."

Ich griff nach unten, zerrte an ihrem Rock und hob ihn so weit hoch, dass ich ihr Höschen fand. Ich zog es nach unten. Das Band um ihre Taille war kein Hindernis für meine Gier, endlich ihre Pussy zu berühren. Meine stumpfen Finger glitten durch ihre seidigen Locken und über ihr erhitztes Fleisch. Ihre Falten waren feucht und ich teilte sie mühelos, um ihren sehr harten Kitzler zu finden.

„Garrison!", schrie sie, als ich geschickt darüber rieb.

„Gefällt dir das?", fragte ich. Meine Stimme war kaum erkennbar, dunkel und kratzig. Sie hatte mich beinahe zu einem Höhlenmenschen reduziert. Ich brauchte sie, brauchte ihren Körper und genoss es, dass sie das Gleiche von mir wollte. Ich fand ihren unerprobten Eingang und glitt mit einem Finger hinein.

Sie schrie auf und bewegte ihre Hüften.

„So eng. Ich werde dich mit meinem Schwanz füllen, Dahlia."

Ich stieß meinen Finger in sie und sie schrie auf, nicht vor Schmerz, sondern vor Vergnügen. „Ja", japste sie. Wegen ihres Eifers, ihrer Hingabe fügte ich einen zweiten Finger hinzu. Ich spreizte meine Finger und öffnete sie, gewöhnte ihren Körper an das Gefühl, gefüllt zu sein, denn mein Schwanz war so viel größer als meine Finger.

Rein und raus fickte ich sie mit meinen Fingern, während ich ihren Hals küsste, an der zarten Haut leckte und saugte. Sie roch nach frischer Luft und Sonnenschein, aber der berauschende, süße Duft ihrer Erregung hing ebenfalls in der Luft. Ihre Hüften begannen wild zu zucken und ich drückte noch tiefer in sie.

„Da ist dein Jungfernhäutchen. Ich werde es durchbrechen, Dahlia. Genau jetzt mit meinen Fingern, weil es mit meinem großen Schwanz zu viel für dich sein würde. Du wirst meinen Schwanz reiten, während ich dich an dieser Tür ficke. Du wolltest es und ich werde es dir besorgen."

Sie sagte unaufhörlich „Ja", während ich ihr ins Ohr flüsterte. Also zögerte ich nicht, sondern durchbrach ihr Jungfernhäutchen. Das zarte Häutchen, das sie zu der Meinen machte, zerriss. Sie schrie auf und bog ihren Rücken durch. Ich küsste sie und schluckte ihre Laute darüber, so tief genommen zu werden. Ich ließ nicht nach, gewährte ihr keinen Moment der Erholung, da sie tropfnass war. Ihr Verlangen war so groß wie meines. Ihre Reaktion auf das Vergnügen war so groß wie meines. Sie wollte es. Sie wollte mich.

Ich würde es ihr geben.

Ich zog meine feuchten Finger heraus und packte sie hinterm Knie, hob sie hoch, sodass mein Schwanz gegen ihre tropfende Muschi drückte.

„Schling deine Beine um mich", knurrte ich. Sie tat schnell wie geheißen und die Spitze meines Schwanzes stupste gegen ihren Eingang. Mit kaum vorhandener Kontrolle hielt ich mich zurück.

„Dahlia, schau mich an."

Sie öffnete langsam ihre Augen.

„Gutes Mädchen. Du bist die Meine, Dahlia Lenox Lee." Ich glitt einen Zentimeter in sie und ihre Augen weiteten sich. „Du warst die Meine, seit du fünf Jahre alt warst. Aber jetzt werde ich dich vögeln. Hart so wie du es brauchst."

Begehren flammte in ihren Augen auf und sie bewegte ihre Hüften, nahm mich einen weiteren Zentimeter auf.

„Ich brauche es", wiederholte sie.

Ich knurrte. Es war meine Aufgabe, mein Privileg, ihr genau das zu geben, was sie brauchte. Mit einem schnellen Stoß füllte ich sie vollständig, meine Eichel stieß gegen ihren Muttermund.

Sie bog ihren Rücken durch, neigte ihren Kopf zurück gegen die Tür und schrie meinen Namen.

„Du bist zuvor schon gekommen, aber nie mit mir, nie mit meinem Schwanz in dir."

Ich ging nicht langsam vor, ich war nicht sanft. Das enge, heiße Gefühl von ihr trieb mich zur Bewegung an und dazu, sie zu beobachten, damit ich sehen konnte, was sie zum Höhepunkt brachte. Ein einziger gezielter Stoß, ihre Augen weiteten sich und sie schrie auf, ihre inneren Wände zogen sich zusammen.

„Gefällt dir das?" Ich wiederholte die Bewegung.

„Ja!"

Das feuchte, glitschige Geräusch des Fickens füllte die Luft. Ihre inneren Wände kontrahierten und zogen mich in sie. Ihre Hände packten meine Schultern, ihre Fingernägel würden sicherlich Abdrücke hinterlassen. Es war mir egal. Ich stieß einfach in sie, bis sie kam, ihr Schrei blieb ihr in der Kehle stecken. Ich hörte nicht auf, mich zu bewegen, stoppte die Bewegungen meiner Hüften nicht. Nicht, dass ich irgendetwas anderes hätte tun können. Selbst wenn jemand an die Tür klopfen würde, weil wir zu laut waren, würde ich nicht aufhören. Ich würde nicht einmal aufhören, wenn jemand Feuer schreien würde. Zu sehen, wie Dahlia zitterte und bebte, während sie kam, ihre Augen glasig und ihre Wangen gerötet, war der allerschönste Anblick.

Als ihr Vergnügen verebbte, fiel sie gegen mich und ich

lehnte mich noch mehr an die Wand, um sie hochhalten zu können.

„Noch einmal, Zuckerschnute. Du wirst noch einmal kommen und ich werde mit dir kommen."

Sie schüttelte den Kopf an meiner Schulter, aber ich spürte, wie sich ihre inneren Wände bei einem äußerst gezielten Stoß zusammenzogen. Ihre hastigen Atemzüge strichen über meinen Hals. Es hatte kaum Zeit in Anspruch genommen, um herauszufinden, was sie feuchter machte, was sie dazu brachte, meinen Schwanz zu drücken, was ihr diese leisen atemlosen Laute entlockte, die ihren geöffneten Lippen entkamen. Sie war wie ein Instrument, von dem ich immer gewusst hatte, wie ich es spielen musste.

Als sie also anfing, meinen Schwanz zu drücken, während ich in sie stieß wusste ich, dass sie kurz vor dem Höhepunkt stand. Sie war so reaktionsfreudig, ihr Körper konnte so leicht zum Orgasmus gebracht werden. Meine Hoden zogen sich bei dem Wissen, dass sie sich mir so leidenschaftlich und vollständig hingab, zusammen. Sie mochte zwar Jungfrau gewesen sein, aber sie war keine schüchterne kleine Miss. Sie unterwarf sich mir wunderschön. Ihr lustvolles Seufzen stieß mich über die Klippe. Der Schmerz ihrer Fingernägel, die sich in meine Schultern bohrten, stürzte mich direkt in meine eigene Erlösung. Ich stieß ein letztes Mal hart in sie, versenkte mich vollständig und tief in ihr und schoss meinen Samen einen wunderbaren Schwall nach dem anderen in sie, füllte sie.

Ich schlug mit einer Hand gegen die Tür neben ihrem Kopf und legte meine Stirn an ihre. Nichts war vergleichbar mit dem Vergnügen, das mir ihr Körper entlockt hatte. Ich versuchte, zu Atem zu kommen, mich von dem besten Fick meines Lebens zu erholen. Ich hatte die ganze Zeit gewusst, dass es mit Dahlia gut sein würde, aber ich hatte nie erwartet, dass es so sein würde. Und das war nur eine schnelle Nummer an der Tür gewesen, noch dazu vollständig bekleidet!

Dahlia japste an meinem Hals, ihr Herz hämmerte gegen meine Brust, ihr Körper hing schlaff in meinen Armen. Langsam, behutsam zog ich mich aus ihr und senkte sie so lange auf den Boden, dass ich sie wieder hochheben und auf das Bett legen konnte. Ich hätte sie zärtlicher nehmen *sollen*. Ich hätte jeden Zentimeter ihres Körpers kennenlernen *sollen*, bevor ich sie vögelte, zärtlich und süß, aber nicht weniger leidenschaftlich. Aber das hatte ich nicht. Meine Frau hatte mich am Schwanz gepackt und es hatte nichts gegeben, was ich dagegen hätte tun können. Jetzt allerdings konnte ich ihr all das zeigen, das ich ausgelassen hatte.

Ich warf einen Blick auf meinen Schwanz, der feucht von unseren vermischten Flüssigkeiten war. „Ich bin immer noch hart, Dahlia. Jetzt da der erste Fick aus dem Weg ist, können wir uns die ganze Nacht vergnügen."

Mit schläfrigen und befriedigten Augen sah sie hinab auf meinen feuchten, immer noch harten Schwanz.

Ich setzte ein Knie auf das Bett und zog das Hemd, das sie aufgerissen hatte, aus. „Dieses Mal, wenn ich dich ficke, werden wir es ohne Kleider tun."

Anstatt nach mir zu greifen, weiteten sich ihre Augen für den winzigsten Augenblick. Sie schüttelte ihren Kopf und drehte sich auf ihre Seite, blickte weg von mir. „Ich habe Kopfschmerzen."

4

 AHLIA

„Kopfschmerzen?"

Ich spürte, wie Garrisons Gewicht das Bett nach unten drückte und er drehte mich auf den Rücken. Er ragte über mir auf, ganz befriedigter Mann. Anstatt teuflische Befriedigung zu sehen, sah ich allerdings Verwirrung.

„Wie zur Hölle kannst du jetzt Kopfschmerzen haben?"

Er streichelte mit einer großen Hand über meine verschwitzte Stirn und die Geste beruhigte mich.

Ich zuckte mit den Achseln, konnte ihm aber nicht in die Augen schauen. In der Vergangenheit war ich zwar in der Lage gewesen, meine Gefühle vor ihm zu verbergen, aber nach dem, was wir gerade getan hatten, glaubte ich nicht, dass ich ihm noch irgendetwas würde vorenthalten können. Obwohl wir noch unsere Kleider trugen, hatte er mich vollständig entblättert, entblößt für eine Verbindung, ein Band mit einer anderen Person, wie ich es nie zuvor gekannt hatte. Als meine Eltern gestorben waren, hatte ich gedacht, dass auch diese Art von Liebe gestorben wäre. Aber dies, mit Garrison, ging sogar noch tiefer.

Ich liebte ihn. Ich hatte ihn jahrelang geliebt, vielleicht von Anfang an, aber es hatte sich nicht wie das hier angefühlt und es hatte mir Angst gemacht. Ich wollte nicht, dass er mich verließ. Ich war von meinen Eltern verlassen worden und ich könnte es nicht ertragen, wenn auch Garrison kein Teil meines Lebens mehr wäre.

„Ich...es ist einfach so."

Er nahm mein Kinn in seine Hand, sodass ich gezwungen war, ihn anzuschauen.

„Dahlia", warnte er. „War ich zu grob? Habe ich dir Angst gemacht?"

„Nein", gestand ich. Ich war der Initiator und Aggressor gewesen in dem Versuch, seine Gedanken davon abzulenken, mich auszuziehen und meine Narben zu entdecken. Es gab jetzt für ihn keinen Grund mehr, das noch weiter hinauszuzögern.

Sein Blick wanderte meinen Körper hinab. „Habe ich dir wehgetan? Bist du wund?"

Meine Wangen flammten heiß auf bei seinen unverblümten Worten. Die Stelle zwischen meinen Beinen war leicht wund und als er mein Jungfernhäutchen mit seinen Fingern durchbrochen hatte, was unglaublich erotisch gewesen war, hatte es wehgetan. Aber er war zu aufmerksam, zu *gut* in dem gewesen, was er getan hatte, als dass der Schmerz lang angedauert hätte. Das Vergnügen, das mir seine Hände und dann sein Schwanz bereitet hatten, hatte mir den Verstand geraubt und meinem Körper die Kontrolle übergeben, damit er tat, was er wollte. Ich spürte Garrisons glitschigen Samen aus mir tropfen und auch wenn ich im Inneren leichte Schmerzen empfand, sehnte ich mich nach dem Vergnügen, das er mir verschafft hatte. Ich wünschte es mir die ganze Nacht lang, wie er es gesagt hatte.

„Vielleicht ein bisschen", antwortete ich.

Er griff nach unten, zog den Rocksaum nach oben und seine Finger glitten über mein Bein. Ich versuchte, seine Hände wegzuschlagen, aber er war zu geschickt. „Was machst du da?"

„Ich werde mir deine Pussy ansehen."

„Ich habe dir gesagt, dass ich nur ein wenig wund bin, aber ansonsten geht es mir gut. Es besteht kein Grund dazu."

Er grinste. „Dir geht es besser als gut." Der Stoff meines dunklen Rocks war an meinen Hüften gerafft. Obwohl meine Beine zusammengepresst waren, konnte er die dunklen Locken an der Verbindung meiner Schenkel mühelos erkennen, da mein Schlüpfer auf dem Boden neben der Tür lag.

Er lief zum Fußende des Bettes, dann drückte er meine Knie auseinander. Er griff nach unten, öffnete die Schnürsenkel eines Stiefels, dann die des anderen, bevor er sie beide von meinen Füßen zog und sie laut auf den Holzboden fallen ließ. „Stell deine Füße auf das Bett."

„Garrison!", rief ich. Meine Narben befanden sich auf meinem Oberkörper, weshalb ich keine Angst hatte, dass er sie sehen würde. Meine Gegenwehr war in reiner mädchenhafter Scham begründet. „Solltest du nicht die Lampe löschen?"

Er sah meinen Körper hinauf und grinste. Er sah so gut aus, selbst wenn er versuchte, unter meinen Rock zu gelangen. „Nein, wir werden die verdammte Lampe nicht löschen. Jemals. Ich will deinen Körper immer sehen und du meinen. Was ist mit der Femme Fatale passiert, die mich dazu verführt hat, sie gegen die Tür zu vögeln?"

Er bewegte sich so, dass sich seine Knie zwischen meinen Schenkeln befanden und sie weit spreizten. Seine Finger streichelten über die nackte Haut meines Beines, die oberhalb meiner Strümpfe entblößt wurde. „Du bist so weich. Deine Haut ist wie Seide", murmelte er. Ich war mir nicht sicher, ob es seine Berührung oder der sanfte Tonfall seiner Stimme war, der mich den Atem anhalten ließ.

Seine Hände wanderten weiter nach oben, sodass seine Daumen durch meine feuchten Locken glitten und über meine äußeren Lippen. „Schh", säuselte er. Als er meine Schamlippen spreizte, saugte ich scharf die Luft ein.

„So wunderschön, Dahlia." Sein Tonfall war ehrfürchtig. „Deine Pussy ist rosa und feucht und geschwollen. Du bist mit meinem Samen benetzt." Er verteilte seine Essenz auf mir. „Ich liebe es, ihn auf dir zusehen, zu wissen, dass ich dich innen und außen markiert habe. Bald werde ich dich rasieren."

Rasieren? Sanft glitten seine Finger über meine Spalte, dann umkreisten sie meinen Eingang und ich vergaß seine Worte. Ich war gegen seine Berührung nicht immun und meine Augen schlossen sich. Die Erregung, die mit meinem Höhepunkt verebbt war, flammte wieder auf.

Als seine Hände an den Knöpfen an meiner Taille fummelten, öffneten sich meine Augen.

„Was...was tust du da?"

„Dich entkleiden."

Ich versuchte, nach hinten zu rutschen, von seinen geschickten Fingern wegzurücken, aber meine Beine waren gespreizt und an seinen Schenkeln gefangen. „Aber ich bin wund."

„Ich vögele dich nicht, Zuckerschnute, ich ziehe nur deine Kleider aus."

Obwohl ich gewusst hatte, dass dieser Moment kommen würde – ich konnte schließlich nicht für die nächsten fünfzig Jahre Kleider tragen – hatte ich nicht dieses Ausmaß an Panik erwartet, das mich überkam, als er meinen Rock meine Beine hinabschob und ihn zu Boden warf.

„Ich will nicht, dass du das tust", entgegnete ich und stemmte mich auf meine Ellbogen, was mich in die Lage versetzte, meine Knie zurückzuziehen und mich von ihm abzuwenden. Er erlaubte mir, aus dem Bett zu springen. Ich tigerte nur in meiner Bluse, Korsett und Unterhemd durch den kleinen Raum. Es war so heiß, dass ich auf ein Unterkleid verzichtet hatte.

„Dahlia."

Ich hörte Garrisons Stimme, aber ich ignorierte sie.

„Nein."

Als er sich erhob, war ich meine Hände in die Luft. „Du wirst mich dazu zwingen, mich zu entkleiden, so wie du mich dazu gezwungen hast, dich zu heiraten."

Seine Augen weiteten sich. „Ich mag dich vielleicht zu dieser Ehe *überredet* haben, aber du wusstest, dass es nur eine Frage der Zeit war. Du warst die Meine. Du *bist* die Meine, Dahlia. Worum geht es hier?"

Ich schüttelte den Kopf und musste mir die Haare aus dem Gesicht streichen. Ich stöhnte frustriert auf. „Ich will dich nicht!"

„Du hättest mich vielleicht täuschen können. Aber du warst diejenige, die die Knöpfe von meinem Hemd gerissen hat. Du warst diejenige, die mich praktisch angefleht hat, dich zu ficken."

Seine Stimme war lauter geworden und seine Wut

begann zu steigen. Gut. Mir war es lieber, er war wütend, denn dann würde er die Wahrheit nicht erkennen.

Garrison holte tief Luft, trat zurück und setzte sich auf die Bettkante. Ich versuchte, mich nicht unter seinem prüfenden Blick zu winden. Nachdem ich erfolgreich Männer beim Kartenspielen um ihr Geld geblufft hatte, hätte das hier einfach sein sollen, aber keiner von ihnen war Garrison gewesen.

„Zieh deine Kleider aus, Dahlia."

Seine Stimme war wieder ruhig.

Ich schüttelte den Kopf.

„Zieh deine Kleider aus oder ich werde sie dir ausziehen. Das sind deine Optionen."

„Du bist ein Scheusal", erwiderte ich und verschränkte die Arme vor der Brust. Mein Herz pochte hektisch und ich kämpfte mit den Tränen. Ich würde jetzt nicht schwach werden, denn wenn er erst einmal die Narben sah, würde ich wieder auf mich allein gestellt sein und definitiv zur Seite geworfen werden. Zumindest wusste ich jetzt, wie es zwischen einem Mann und einer Frau war, denn er würde mit Sicherheit angewidert sein. Ich würde sicherlich nach Hause zur Lenox Ranch geschickt werden. Vielleicht würde er unsere Ehe sogar geheim halten. Wir waren in Carver Junction. Niemand würde es wissen und ich könnte Garrison gehen lassen. Er könnte eine andere Frau ohne Makel finden.

Mit einer Schnelligkeit, die ich nicht erwartet hatte, streckte er seine Hand aus, ergriff meinen Arm und zog mich vor sich. Er packte beide Seiten meiner Bluse und zog, riss sie auf, wie ich es mit seinem Hemd getan hatte. Die Knöpfe flogen in alle Richtungen. Ich keuchte und versuchte, mich zu bedecken, aber Garrison war zu schnell. Mit sicheren Bewegungen öffnete er die Häkchen an der

Vorderseite meines Korsetts, wobei mein Körper bei jedem Ziehen schwankte.

„Bitte, Garrison. Nicht", flehte ich, aber er wollte einfach nicht zuhören.

Nachdem er einen Träger meines Unterhemdes, dann den anderen über meine Schulter geschoben hatte, glitt der Baumwollstoff leise nach unten und bauschte sich um meine Füße. Ich stand nur noch in meinen Strümpfen vor ihm.

Er bewegte sich nicht, atmete nicht einmal. Es war, als wäre er in eine Statue verwandelt worden.

Ich unternahm den Versuch, meinen Körper zu bedecken und die Narben, die sich von den Hüften zu den Rippen zu den Schultern erstreckten, zu verstecken. Sogar die Seite meiner rechten Brust war von rosa wulstiger Haut verunstaltet.

„Meine Güte, Dahlia", flüsterte er. Aus seiner sitzenden Position hatte er einen guten Blick auf meinen Körper und er konnte den Schaden nicht übersehen, den das Feuer angerichtet hatte, das mir meine Familie genommen hatte.

„Ich...ich weiß, du findest es hässlich, dass ich hässlich bin. Ich mache dir keinen Vorwurf." Ich hatte nicht bemerkt, dass ich weinte, bis eine Träne auf meine nach oben gewandte Brust tropfte. Ich wischte wütend über meine Wange, aber die Tränen hörten einfach nicht auf. „Gib mir einfach mein Unterhemd zurück und du wirst mich nicht mehr ansehen müssen."

„Dahlia", knurrte er.

Ich weigerte mich, ihm in die Augen zu blicken, da ich Angst vor dem hatte, was ich sehen würde. „Niemand außer dem Sheriff weiß, dass wir verheiratet sind. Die anderen Männer, da bin ich mir sicher, waren zu betrunken, um sich an irgendetwas zu erinnern. Du kannst das Pferd holen, das du kaufen wolltest, und nach Hause gehen, vergessen, dass das hier jemals passiert ist. Ich verstehe es, Garrison. Das tue ich wirklich. Ich werde nicht – "

„Hör auf zu reden."

„Aber – "

„Sag kein Wort mehr." Sein Kiefer presste sich fest zusammen und eine starre Anspannung, eine Wut, die ich noch nie zuvor an ihm gesehen hatte, schien von ihm Besitz ergriffen zu haben. Ich versuchte, einen Schritt nach hinten zu machen, aber er griff nach meinen Handgelenken und hielt sie mit einer Hand fest. Er drehte mich einfach um, sodass ihm meine Narben zugewandt waren. Ich zog an meinen Handgelenken, da ich überall sonst in der Welt sein wollte als hier, aber er gab nicht nach. Mit seiner freien Hand streichelte er sanft über mein vernarbtes Gewebe. Niemand hatte die verheilten Wunden berührt, seit ich ein kleines Mädchen war. Nicht einmal Miss Trudy und Miss Esther hatten sie angefasst, da ich darauf bestanden hatte, selbst im Alter von sechs Jahren, dass ich nicht angefasst werden wollte.

„Garrison", flehte ich.

Er gab meinem nackten Po mit seiner Hand einen Klaps und ich machte einen Satz. „Ich hab dir gesagt, du sollst still sein." Er sah mich nicht an, sondern hielt seine Augen allein auf meine Seite gerichtet, auf die Haut, die er berührte. „Mache ich dir weh?"

Ich schüttelte den Kopf und biss auf meine Lippe. Die Haut an meiner Seite war fast taub. Ich konnte seine Fingerspitzen nicht auf meiner Haut spüren, nur ihren Druck.

„Was ist passiert?"

„Feuer." Ich sagte nicht mehr, da ich das eine Wort für ausreichend befand.

„Was ist passiert?", wiederholte er und streichelte über meine Seite, die guten und die schlechten Stellen.

„Warum Garrison? Warum musst du es wissen?" Ich zog die Nase hoch und wischte mir über die Wangen.

Er drehte mich herum, sodass ich ihm wieder ins Gesicht schaute und zog mich so nah an sich, dass ich zwischen seinen geöffneten Knien stand. Obwohl meine Brüste nur wenige Zentimeter vor seinem Gesicht schwebten, blickten seine Augen in meine. „Weil es dich so sehr stört, dass es dir lieber ist, dass ich dich gegen eine Tür gedrückt und grob entjungfere, als dass du mir deinen Körper zeigst."

„Das Feuer war groß, so groß, dass es durch den Großteil der Stadt gefegt ist, oft von Dach zu Dach." Ich schluckte und starrte auf die gebräunte Haut seiner Schulter. Er trug sein Hemd nicht. Ich hatte nie gewusst, dass er Haare auf der Brust hatte. Er war hart und muskulös, aber bis jetzt hatte ich das nicht einmal bemerkt.

„Dahlia", drängte er mich.

Ich seufzte, da er einfach nicht lockerlassen wollte. „Sie schliefen. Meine Eltern, zwei jüngeren Schwestern und ein kleiner Bruder. Da war Rauch und Geschrei und es passierte so schnell."

„Du sagtest 'sie'. Hast du nicht geschlafen?"

„Ich war im Klohäuschen. Ich weigerte mich den Nachttopf zu nutzen, weil ich schon fast sechs war."

Er gab meine Hände frei und umfasste meine Taille, wobei seine Finger fast einen Ring um mich bildeten. „Dann...wenn du nicht im Haus warst, wie hast du dir dann die Verbrennungen zugezogen?"

„Ich versuchte, zurück nach drinnen zu gelangen und sie zu retten."

Ich erschauderte bei der Erinnerung an den dichten,

schwarzen Rauch, die gelben Flammen, die das Innere des Hauses erleuchtet hatten, das Tosen des Feuers, das fast so laut wie ein Zug gewesen war.

„Ich schaffte es nur wenige Schritte durch die Küchentür. Brennendes Holz fiel von der Decke und setzte mein Nachthemd in Brand. Meine Haare auch." Ich zupfte an meinen verknoteten Strähnen. „Ich rannte zurück nach draußen und ein Nachbar löschte mich."

Seine Hände legten sich um mein Kiefer, dann zogen sie die Nadeln aus meinen Haaren. Er ließ sie einfach auf den Boden zu unseren Füßen fallen, dann neigte er meinen Kopf von links nach rechts.

Ich deutete auf eine Stelle auf meiner rechten Seite und er strich mit seinen Fingern über die Stelle.

„Meine Haare waren lang und offen. Mein Kopf wurde überhaupt nicht verbrannt, aber ich verlor über dreißig Zentimeter Haare auf dieser Seite. Am ersten Tag, an dem ich ihr begegnete, schnitt Miss Trudy meine Haare, damit sie gleichlang waren."

Ich erinnerte mich an das merkwürdige Gefühl, wie leicht sie sich angefühlt und geradeso meine Schultern gestreift hatten.

Seine Hände umfassten ein weiteres Mal mein Kiefer und ich musste ihm in die Augen schauen. Seine Daumen streichelten über meine Wangen und wischten die Tränen weg. „Du denkst, dass ich dich nicht will?"

„Warum...solltest du mich wollen?"

Seine Augen durchbohrten mein Herz, denn ich sah Schmerz und Trauer in ihnen. „Weil ich dich liebe, Dahlia Lenox Lee."

Ich versuchte, meinen Kopf zu schütteln, aber er hielt mich fest. „Du liebst die Frau, von der du dachtest, sie wäre ganz."

Seine Augen wurden schmal, seine Hände sanken nach unten und er stand abrupt auf. Ich taumelte nach hinten, während er aus seinen Stiefeln schlüpfte, dann seine geöffnete Hose seine Hüften hinabschob und sie auszog, sodass er nackt vor mir stand. Was machte er da? „Garrison!"

Er drehte sich um und deutete auf die Rückseite seiner Oberschenkel. Ich starrte auf seinen Hintern, bis er sprach, dann wanderten meine Augen tiefer und erfassten eine gezackte Wunde, schon lang verheilt, die seine scheinbar perfekte Haut zeichnete.

„Ein Seil vom Flaschenzug riss in der Scheune und ein scharfes Eisenteil schnitt durch mein Bein."

Bis auf den beschädigten Bereich, der eine Mischung aus rosa und weißer Haut war, war sein Bein mit dunklen Haaren gesprenkelt. Ich zuckte zusammen bei dem Gedanken, dass Garrison so schlimm verletzt worden war. Die Verletzung musste eigentlich so schwer gewesen sein, dass er an dem Blutverlust oder sogar durch eine Infektion hätte sterben sollen.

„Wann ist das passiert? Wieso wusste ich nichts davon?" Ich wollte meine Hand ausstrecken und die Narbe berühren, aber ich wagte es nicht.

Er zuckte mit den Achseln, wodurch sich die Muskeln in seinem Rücken bewegten. „Als ich siebzehn war. Du warst noch ein Mädchen."

„Die Narbe, sie ist mir egal, Garrison." Ich schüttelte den Kopf, als ob es nicht ausreichte, die Worte nur auszusprechen.

Er wandte sich mir wieder zu und ich sah ihn zum ersten Mal komplett nackt vor mir. Sein Penis, den ich zwar schon berührt und für den Hauch eines Augenblicks erspäht hatte, war lang und dick und ragte aus einem Nest dunkler Haare hervor. „Warum nicht? Findest du meinen Körper nicht abstoßend?"

Seine Frage riss mich aus meinem Starren, meinem unverhohlenen Gaffen. Das hatte in mich gepasst? Seine offenkundige männliche Virilität brachte meinen Schoß zum Pulsieren, als ob er sich wieder danach sehnte, gefüllt zu werden. „Natürlich nicht."

„Deine Nippel sind hart", stellte er mit einem Nicken seines Kinns fest. „Bist du feucht für mich? Willst du mich, Zuckerschnute? Mit den Narben und allem?"

Er benutzte seinen lächerlichen Kosenamen für mich, um die Stimmung aufzulockern. Ich konnte das kleine Lächeln nicht zurückhalten. „Ja", flüsterte ich.

Er packte seinen Schwanz mit einer Faust und begann, die Länge entlang zu streichen. „Deine Narben, Dahlia, sie verraten mir, wie mutig du bist, wie stark du bist. Sie machen dich zu der Person, die du bist, und das ist die Person, die ich liebe, die ich geheiratet habe."

Ein Tropfen einer klaren Flüssigkeit quoll aus seiner breiten Spitze und ich leckte über meine Lippen, während ich mich fragte, wie er wohl schmecken würde. Ich erinnerte mich daran, dass er in der Kutsche meine Essenz von seinen Fingern geleckt hatte und jetzt verstand ich warum.

„Du bist diejenige, die meinen Schwanz hart macht."

Der Geruch unseres ersten Mals füllte die Luft, ein starker Duft nach Moschus. Die kombinierten Flüssigkeiten unserer Vereinigung rannen meine Beine hinab. Sein Körper zeigte den Beweis für seine fortwährende Erregung, da sein Schwanz schwer vor ihm wippte und sich lang und dick nach oben bog, wo er fast seinen Bauchnabel berührte. Ich sehnte mich nach mehr.

„Garrison", murmelte ich. Dieses Mal hörte ich weder

Scham noch Traurigkeit in meiner Stimme, sondern Hoffnung. „Du...du willst mich wirklich immer noch?"

Er grinste und krümmte einen Finger. „Du wirst noch lernen, dass ein Ständer ein sicheres Zeichen dafür ist, aber komm her und ich werde es dir beweisen."

5

 ARRISON

Sie zögerte nicht. Dahlia überwand die wenigen Schritte, die uns trennten, und ich zog sie in meine Arme. Ich legte eine Hand auf ihren Hinterkopf und drückte sie an meine Brust, sodass ich mein Kinn auf ihren Kopf legen konnte. Ihre Hände packten meinen Rücken und hielten ihn fest, als ob sie mich nie wieder loslassen würde. Es fühlte sich gut an, sie in meinen Armen zu halten – nackt natürlich – aber noch viel wichtiger, weil sie mich wollte, weil sie den Trost und die Rückversicherung wollte, die ich ihr geben konnte.

Ich wurde ebenfalls von dem Gefühl ihres Körpers getröstet, da ich nun wusste, dass sie ein für alle Mal mir gehörte. Vor diesem Moment war ich nicht in der Lage gewesen, sie zu behüten, sie zu beschützen. Ich hatte keinen Anspruch auf sie gehabt.

Aber dies war der Tag, an dem ich die Kontrolle übernommen hatte, anstatt mich von ihr überrumpeln zu lassen. Jahrelang hatte ich eine sichere und vernünftige Distanz zu ihr gewahrt und ihr erlaubt, zu der wunderschönen Frau, die nun vor mir stand, heranzuwachsen. Sie war auch ein Hitzkopf, der nicht zögerte, mir das Leben schwer zu machen oder mich scharfzüngig zurecht zu weisen, wenn es die Situation erforderlich machte. Wir waren lang genug vor und zurück gegangen. Das Gezanke war das Vorspiel gewesen. Jahrelang. Jetzt nicht mehr. Das Kartenspiel hatte das Ende signalisiert. Es war ein Weg gewesen, sie zu der Meinen zu machen, bei dem sie gleichzeitig ihren Stolz hatte bewahren können. Das hatte ich ihr gegeben…und so viel mehr.

„Ich habe mir jahrelang vorgestellt, dich nackt auszuziehen, Zuckerschnute. Dabei war kein Streit involviert."

„Garrison – "

„Schh", summte ich. „Dieses Mal, wenn ich dich nehme, wird es langsam sein. Ich werde deinen köstlichen Körper anschauen, ihn schmecken, jede Stelle kennenlernen, die dich erregt. Die dich für mich feucht macht. Die einzigen Worte, die von deinen Lippen kommen werden, sind 'Ja, Garrison' und 'Mehr'."

Ich drückte sie so weit nach hinten, dass ich meinen Kopf senken und sie küssen konnte. Dieses Mal mangelte es dem Kuss zwar an der Intensität und dem Drang der Küsse, die wir vorhin ausgetauscht hatten, aber er war nicht weniger berauschend. Ihr Mund öffnete sich ohne meine Anweisung und ich ließ meine Zunge über ihre gleiten und dann knabberte ich an ihrer vollen Unterlippe. Ihr Atem ging abgehackt und sie war weich und fügsam in meinen

Armen. Ich konnte mich an kein anderes Mal erinnern, bei dem Dahlia weich und fügsam gewesen war. Obwohl sie zu küssen, etwas war, das ich stundenlang tun könnte, wollte ich mehr. Das wunderbare Gefühl ihrer Haut, so weich und seidig, lenkte mich ab. Es war eine Sache, sich mit keuschen Streicheleinheiten zufriedenzugeben, während sie bekleidet war – und bevor sie Mrs. Lee geworden war – aber jetzt wollte ich mehr. Ich wollte alles.

Hatte sie etwa gedacht, sie könnte ihre Narben für immer vor mir verstecken? Sie war meine *Frau* und ich würde sie nackt sehen. Sie hatte erwartet, dass ich die Male jener Nacht sehen und sie ablehnen würde, sie dafür verlassen würde, dass sie überlebt hatte. Entweder kannte sie mich nicht so gut, wie ich gedacht hatte, oder ihre Ängste waren tief verwurzelt. Ich ging von Letzterem aus. Worte würden ihren Verstand beruhigen können, aber das würde einige Zeit dauern. Taten würden sehr viel schneller wirken.

Mit geschickten Händen hob ich sie hoch und legte sie auf das Bett. Anschließend positionierte ich mich so, dass ich mich über ihr befand, während sich unsere Körper weiterhin aneinander schmiegten, unsere Münder nach wie vor miteinander verschmolzen. Mit meinen Unterarmen stemmte ich mein Gewicht von ihr, aber ich spürte dennoch die gesamte Länge ihres Körpers unter mir. Ich küsste ihren Mundwinkel, dann ihr Kiefer entlang zu ihrem Ohr, dann die weiche Stelle direkt dahinter.

Mit jedem Stups meiner Nase oder sanften Schnalzen meiner Zunge, entlockte ich ihr eine Reaktion; ein leichtes Einatmen, ihre Finger ballten sich an meiner Taille, ihre Augen schlossen sich. Als ich ihren Puls an ihrem Hals pochen spürte, wusste ich, dass sie direkt bei mir war.

„Garrison", murmelte sie, während sie ihren Kopf zur Seite legte, um ihren schlanken Hals zu entblößen.

Jeder Teil von ihr war perfekt, der frische Duft ihrer Haut, die Weichheit unter meinen Lippen, ihr Geschmack auf meiner Zunge. Ich hielt mich nicht lange an einer Stelle auf, da ich mir wünschte, jeden Teil von ihr kennenzulernen.

Ich hatte ihren Körper zwar gesehen, während wir miteinander gestritten hatten, aber ich hatte mich nicht darauf konzentrieren können. Ich wusste, dass ihre Brüste voll und rund waren, tränenförmig mit dunkelrosa Nippeln. Ihre Taille war schmal über ihren breiten Hüften. Selbst ihre Beine waren perfekt, lang und wohlgeformt und ich sehnte mich danach, sie um meine Taille geschlungen zu haben. Aber wir waren – wieder einmal – in einem Wortgefecht verwickelt gewesen. Dahlia würde oft versuchten, ihre Dominanz über mich mit Worten zu beweisen. Sie hatte mich auf jeden Fall dazu verführt, sie vor nicht allzu langer Zeit unbeherrscht zu ficken.

Jetzt...jetzt war ich derjenige, der die Kontrolle hatte. Jetzt konnte ich ihren Körper betrachten, ihn kennenlernen, ihn lieben genau so, wie ich es seit, nun, schon immer, hatte tun wollen. Ihre Narben waren hässlich. Sie verunstalteten ihre Haut, das Fleisch war wulstig und rosa. Aber sie waren ein Teil von ihr. Ich umfasste ihre Brust, die die Größe einer perfekten Handvoll hatte. Ich stöhnte, der Laut rumpelte in meiner Brust, während ich spürte, wie ihr Nippel hart wurde. Als ich mit meinem Daumen darüber strich, bäumte sie sich auf und presste sich noch fester in meine Hand.

„So empfindlich", flüsterte ich und senkte meinen Kopf, um die aufgerichtete Spitze in meinen Mund zu nehmen.

Sie keuchte und ihre Hände vergruben sich in meinen Haaren, zogen schon fast schmerzhaft daran. „Garrison!"

Auch wenn ich mit zärtlicher Aufmerksamkeit vorging, fasste ich sie nicht mit Samthandschuhen an. Ich spielte ihren Körper wie ein Instrument, brachte ihre Erregung zu dem Punkt, an dem sie, wenn ich sie nahm, darum betteln würde. Mit einem Knie schob ich ihre Beine auseinander und ließ mich auf ihrem Becken nieder. Dort ruhte mein Schwanz an ihrem heißen Fleisch, das schön feucht von ihrer Erregung und meinem Samen war. Mein Schwanz pulsierte vor Eifer und ich genoss es, meine Markierung auf ihr zu spüren.

Ich widmete meine Aufmerksamkeit nicht nur einer Brust, sondern küsste einen Pfad über das Tal zwischen ihnen bis hin zur anderen und spielte unterdessen mit den Fingern mit der feuchten Spitze.

„Denkst du, du kannst kommen, nur indem ich deine Brüste in meinen Mund nehme?", erkundigte ich mich, während ich ihre rosa Haut leckte und verwöhnte. Meine Barthaare irritierten sicherlich die zarte Haut auf ihren unteren Kurven, aber es schien sie nicht zu stören. Tatsächlich schien sie nichts von dem, was ich mit ihr tat, zu stören. Sanft und zärtlich, grob und wild, sie wollte alles.

Ich wollte alles von Dahlia. Ich spreizte meine Hand auf ihrem Bauch und gurrte ihr zu, während meine Finger über ihre vernarbte Haut streichelten. Anschließend küsste ich die gezeichnete Haut, um sie wissen zu lassen, dass ich jeden Teil von ihr liebte. Ich verweilte dort nicht lange, sondern ließ meine Finger noch tiefer wandern durch die seidigen Locken zwischen ihren Schenkeln. Mit meinem Knie stupste ich ihre Beine noch weiter auseinander, sodass sie sich nicht verstecken konnte. Selbst im schwachen Schein der Lampe neben dem Bett konnte ich ihre geschwollenen Schamlippen sehen, die von meinem Samen ganz glitschig waren. Der Geruch ihrer Erregung war intensiv und berauschend. Ich senkte meinen Kopf und leckte über die harte Perle, die rosa war und von ihrem Häubchen nicht geschützt wurde.

„Garrison!", schrie sie und stemmte sich auf ihre Ellbogen, um auf mich hinabzusehen. „Was...was machst du da?" Sie leckte über ihre trockenen Lippen und ich knurrte.

„Ich bring dich zum Höhepunkt."

„Sollst du das...dort machen?", murmelte sie.

„Absolut."

„Aber ich bin ganz nass. Deine...Feuchtigkeit läuft aus mir."

„Mmh", summte ich bestätigend, während ich mit einem Finger durch diese Feuchtigkeit strich und in sie glitt. „Ich liebe es, meinen Samen in dir zu fühlen, zu wissen, dass du die Meine bist. Überall."

Ihre Augen waren lustumwölkt, als ich die Stelle in ihr fand, die sie mochte. Ich krümmte meinen Finger und ihre Augen schlossen sich. Ein weiteres Mal und sie zog ihre Knie nach hinten, um sicherzustellen, dass ich weitermachen konnte.

„Ah, Zuckerschnute, du bist so ein gieriges kleines Ding. Du drückst meinen Finger. Ich kann nicht erwarten, zu spüren, dass du das mit meinem Schwanz machst. Zuerst wirst du allerdings kommen."

Sie nickte und leckte ihre Lippen. Sie zum Höhepunkt zu bringen, war wichtiger als mein nächster Atemzug. Ich war ihr Mann und ich war der Einzige, der das tun würde. Niemand sonst würde das sehen. Meine Hoden zogen sich bei dem warmen, feuchten Gefühl von ihr zusammen, mein Schwanz sehnte sich danach, in sie zu gelangen. Aber dieses Mal würde ich es richtig machen. Ich würde mich zuerst um ihre Bedürfnisse kümmern. Ich senkte meinen Kopf und schnalzte mit meiner Zunge gegen ihren Kitzler, während ich meinen Finger rein und raus gleiten ließ. Mit sachtem Schnalzen und zärtlichem Lecken der harten Perle entlockte ich ihr den Orgasmus. Sie konnte nicht still bleiben und ich nutzte meine freie Hand, um sie auf ihren Schenkel zu legen und sie an Ort und Stelle zu fixieren. Ihre Hände umfassten ihre Brüste, zupften und zogen an ihren Nippeln, wie ich es getan hatte.

„Mehr, ja...bitte", bettelte sie, verloren und wild, während ich meinen Finger tief in ihr bewegte.

Ich ließ nicht nach und gab ihr genau das, was sie wollte. Durch geschicktes Krümmen meines Fingers und sehr großzügigen Einsatz meiner Zunge brachte ich sie zur Klippe und stieß sie dann hinunter. Ihr Rücken bog sich durch und sie schrie auf, während ihre inneren Wände meinen Finger drückten und nach innen zogen. Während sie sich noch in den Fängen ihres Orgasmus befand, setzte ich mich zurück und glitt aus ihr.

„Öffne deine Augen, Dahlia." Ich führte meinen Schwanz an ihren feuchten Eingang und wartete.

Als sich ihre Augenlider flatternd öffneten und sie zu mir hochsah, fuhr ich fort: „Ich will dein Gesicht sehen, wenn ich dich fülle." Ich schob mich Zentimeter für Zentimeter in sie. Ich beobachtete, wie mein Schwanz in ihrem Körper verschwand und sich ihre Schamlippen weit öffneten. Ich konnte spüren, wie sie um mich herum pulsierte, da mein Schwanz viel größer war als mein Finger.

„Du bist so groß", murmelte sie.

Indem ich mich auf meine Unterarme senkte, fixierte ich ihre Arme an ihrer Seite und hielt sie gefangen. Ich wollte, dass sie unter meiner Kontrolle war, weil sie mir zuvor meine vollständig entzogen hatte. Ich glitt ein winziges Stückchen tiefer in sie, dann noch etwas weiter, wobei mein Samen es leicht machte, sie zu füllen. Endlich befand ich mich komplett in ihr, meine Hoden berührten ihren Hintern. Ich verharrte reglos und genoss einfach nur die Empfindung, in ihr zu sein. Sie war heiß und eng und feucht und...perfekt. Gott, alles an Dahlia war perfekt. Allein sie zu füllen und mich nicht zu bewegen, brachte mich fast zum Höhepunkt. Ich war wie ein notgeiler Schuljunge bei seinem ersten Mal.

Ich würde nicht lange durchhalten. Diese Verbindung würde zu viel sein. Ich hatte ihr erzählt, dass ich sie liebte. Sie hatte die Worte nicht erwidert, aber wenn ich in ihre Augen blickte, sah ich es dort.

„Garrison, bitte. Bitte beweg dich", flehte sie. Auch wenn ich die Verzweiflung in ihrer Stimme hörte, spürte, dass sich ihre Knie hoben und gegen meine Seiten drückten, sogar spürte, dass ihre Pussy weiterhin um mich kontrahierte, war es das leidenschaftliche Verlangen in ihren Augen, das mich dazu brachte, mich zu bewegen. Ich konnte mir nur vorstellen, dass sie einen ähnlichen Ausdruck in meinen Augen sah, da ich genauso verloren war. Ich war geradezu gierig nach ihr. „Du wirst noch einmal kommen", warnte ich sie. Es war auch ein Versprechen. Ich würde ihrem Körper jedes bisschen Vergnügen entlocken.

„Ja", schrie sie, während ich sie ein weiteres Mal füllte. „Mehr."

Es gab nichts Vergleichbares auf der Welt. Ihre Pussy war so süß, so begierig. So verdammt heiß.

„Du willst kommen?" Ich zog mich so weit zurück, dass nur noch die Spitze meines Schwanzes ihre Lippen teilte.

„Ja!"

Ich stieß tief in sie, beobachtete, wie ihr Körper mich bis zum Anschlag aufnahm. „Du willst mehr?"

Meine Stimme war düster und tief und ich atmete schwer. Schweiß tropfte von meiner Stirn.

„Ja!"

„Ich werde dir mehr geben, Zuckerschnute. Mehr als du dir jemals hättest erträumen können."

Und das tat ich.

6

„Guten Morgen, Lee."

Ich sah von meinem Mittagessen zu dem Mann hoch, der vor unserem Tisch in dem überfüllten Speisezimmer stand. Wir hatten das Frühstück des Hotels verpasst, weil Garrison mir schon früh seine Aufmerksamkeit geschenkt hatte. Eine sehr gründliche Runde Liebemachen hatte mich für den Großteil des Morgens wieder in den Schlaf befördert. Er war äußerst aufmerksam und sehr zärtlich gewesen, denn obwohl ich begierig nach seinen Zuwendungen gewesen war, war ich auch wund gewesen. Er hatte meine Narben geküsst, mit seinen Fingern fast schon reumütig darüber gestrichen, bevor er mich unendlich liebevoll genommen hatte. Selbst jetzt verspürte ich noch dieses köstliche Pulsieren zwischen meinen Beinen. Auch wenn ich mich vor dem Anziehen gewaschen hatte, war Garrisons Samen so reichlich gewesen, dass er nach wie vor aus mir tropfte, eine konstante Erinnerung an seinen Anspruch auf mich.

„Pringle", erwiderte Garrison, sein Ton neutral, seine Worte angespannt.

Der Mann war in einem ähnlichen Alter wie mein Ehemann, hatte sehr helle Haare, eine lange Nase und tiefliegende Augen. Er lächelte nicht.

Garrison legte seine Gabel und Messer ab und wischte sich mit seiner Serviette über den Mund. Der Duft gebratenen Hähnchens und Kaffees füllte die Luft zusammen mit einer großen Menge männlicher Anspannung. „Was führt dich in die Stadt?"

Der andere Mann warf mir einen Blick zu, aber ließ mich recht schnell links liegen. „Der Kauf eines Pferdes. Während du damit beschäftigt warst, etwas anderes zu kaufen, habe ich ein hübschen Stück Pferdefleisch gefunden, das ich meiner Sammlung hinzufügen kann."

Garrisons Kiefer presste sich fest zusammen und seine Augen wurden schmal, während er seinen Stuhl zurückschob und sich erhob. Er überragte den anderen Mann, der mich an ein heimtückisches Wiesel erinnerte, um mehrere Zentimeter. „Du wirst dich bei meiner *Frau* entschuldigen, Pringle."

Mr. Pringle ignorierte Garrison und sah ein weiteres Mal zu mir, als ob ich die Hure wäre, für die er mich hielt, nur musterte er mich dieses Mal sehr viel gründlicher. „Schön, schön. Mrs. Lee meine demütigste Entschuldigung."

Das Lächeln auf seinen Lippen und sein Tonfall deuteten auf nichts Dergleichen hin.

„Du unterbrichst ein Mittagessen mit meiner Frau. Was willst du?"

Mr. Pringle zuckte mit den Achseln. „Ich wollte dir nur Zeit ersparen. Das Pferd, das du kaufen wolltest, ist nicht mehr zu haben. Viel Glück dabei irgendwo im Territorium einen Deckhengst wie diesen zu finden."

Garrisons Augen verzogen sich zu Schlitzen. „Du hast Manns Pferd gekauft?"

Mr. Pringle grinste breit. „Das habe ich. Wie ich sagte, ich wollte dir nur Zeit ersparen." Er nickte mit dem Kopf in meine Richtung. „Ma'am."

Nachdem der Mann den Raum verlassen hatte, setzte sich Garrison und widmete sich ohne einen Kommentar wieder seinem Mittagessen.

„Passiert dir das öfters?", fragte ich.

Er sah zu mir hoch und zuckte mit den Achseln. „Pringle ist zwar kein Feind, aber wir sind definitiv keine Freunde."

„Gibt es viele, die du als Feind oder 'nicht Freund' betrachtest?"

Obwohl sich seine angespannten Muskeln lockerten und seine Stimme ruhig war, merkte ich, dass er sich noch nicht so erholt hatte, wie es den Anschein hatte. Ich hatte Garrison beobachtet, seit ich klein war. Ich kannte *ihn*.

Er zuckte mit den Achseln, stach mit der Gabel in ein Stück Hähnchen. „Mein Vater hat im Laufe seines Lebens viele Freunde verloren und die Auswirkungen hallen noch nach."

Ich erinnerte mich an Mr. Lee Senior. Er war kein sehr netter Mann gewesen. Er war noch vor seiner Zeit alt und grau geworden, sowie verbittert. Als kleines Mädchen hatte ich Angst vor ihm gehabt und war ihm, wann es möglich war, aus dem Weg gegangen. „Er...er ist jetzt schon seit langer Zeit tot."

Garrison nickte einmal. „Sechs Jahre. Ich habe versucht, die Ranch – und den Namen Lee – bei der Gemeinde wieder in ein gutes Licht zu rücken."

Ich runzelte die Stirn. Ich wusste nur, wie erfolgreich Garrison war, wie bekannt seine Pferde waren. Ich hatte nie von den Dingen gehört, die ihn zu beschäftigen schienen. „Du bist nicht dein Vater."

Er setzte sich zurück in seinen Stuhl. „Glücklicherweise ist das Montana Territorium ein Ort, wo ein Mann seinen eigenen Weg geht und ich bin dankbar, dass die Gemeinde mich nicht mit dem Charakter meines Vaters und seiner Art, Geschäfte zu machen, in einen Topf wirft. Aber es gibt ein paar, wie Pringle, die anders denken."

„Warum hasst er dich so sehr?"

„Sein Vater hat wegen meinem den Großteil seines Landes verloren und der Sohn ist nie darüber hinweggekommen. Laut Pringle habe ich die Sünden meines Vaters übernommen."

„Er sagte, du wärst hier gewesen, um ein Pferd zu kaufen." Ich tupfte meine Lippen mit meiner Serviette ab. „Ich...hatte nicht geglaubt, dass du tatsächlich deswegen nach Carver Junction gekommen bist."

Eine dunkle Augenbraue schoss in die Höhe. „Oh? Ich hab dir doch erzählt, dass ich eines kaufen würde. Was hast du gedacht, was ich hier tue?"

Während ich meine grünen Bohnen sorgfältiger zerkleinerte, als es wahrscheinlich nötig war, antwortete ich: „Mir hinterher spionieren."

Er lachte laut auf, dann zwinkerte er mir zu. Gäste an den anderen Tischen drehten sich bei dem lebhaften Laut um und die Augen der Frauen verweilten auf ihm. Garrison war ein gutaussehender Mann, das konnte man nicht leugnen. „Das war nur ein zusätzlicher Bonus. Und auch sehr großes Glück für mich."

„Oh?", fragte ich.

„Mmh. Ich habe so einiges über dich erfahren." Er

lehnte sich zurück und verschränkte seine Finger über seinem flachen Bauch. „Wie verantwortungslos du mit deiner eigenen Sicherheit umgehst, deine Fähigkeit wie die Pokerspielerin, die du bist, zu lügen."

„Und warum ist das ein Glück?", erkundigte ich mich, da ich anfing die ersten Auswüchse von Besorgnis zu verspüren.

„Weil ich davor nichts dagegen unternehmen konnte. Jetzt als dein Ehemann lass dir versichert sein, dass ich schon bald Maßnahmen ergreifen werde." Er schaute auf meinen Teller. „Beende deine Mahlzeit. Wie es scheint, müssen wir eine Kutsche erwischen."

Beklommenheit machte meine Schritte zur Kutsche schwer, da ich mir nur ausmalen konnte, was Garrison tun würde, wenn wir erst einmal allein in ihr saßen. Ich dachte daran, wie er mir am Vortag dabei zugeschaut hatte, als ich mich selbst angefasst und mich zum Höhepunkt gebracht hatte. Aber ich glaubte nicht, dass Lust das war, was er für unsere Rückfahrt im Sinn hatte. Glücklicherweise wurde mir in der Kutsche eine Galgenfrist gewährt, denn wir fuhren nicht alleine. Eine Mutter mit einem kleinen Jungen und ein Mann mit einem überwältigenden Bedarf nach einem Bad schlossen sich uns in der Kutsche an. Wir öffneten die Klappen, damit die Brise frei wehen konnte, aber es waren keine angenehmen Stunden und wir redeten nur wenig.

Als wir Garrisons Pferd holten, das er in einem Mietstall untergestellt hatte, erwartete ich, dass er das Tier in Richtung der Lenox Ranch steuern würde.

„Wohin gehen wir?", fragte ich und versuchte, auf Garrisons Schoß eine andere Position zu finden. Ich war noch nie zuvor mit jemandem geritten. Es war so...nah. Ich spürte seine muskulösen Schenkel und seinen harten Schwanz, der sich bei jeder Bewegung des Pferdes, gegen mich drückte. Da auch noch sein Arm um mich geschlungen war, gab es keine Möglichkeit, dass ich vergessen könnte, was wir gemeinsam getan hatten...drei Mal.

„Wir gehen nach Hause", antwortete er schlicht.

„Ich muss meiner Familie mitteilen, wo ich bin", protestierte ich und drehte mich, um über meine Schulter zu schauen, als ob ich die Lenox Ranch sehen könnte.

„Ich werde einen Mann mit einer Nachricht über deinen Aufenthaltsort zu ihnen schicken. Gestern schienst du nicht so besorgt um sie zu sein, als du losgezogen bist, um *Opal* zu besuchen."

Mein Rücken versteifte sich bei seinem Tonfall. „Wie kannst du es wagen, anzudeuten, dass ich mir nichts aus meiner Familie mache?"

„Ich habe nicht angedeutet, dass du dir nichts aus ihnen machst", erwiderte er, wobei er frustriert klang. „Ich habe nur geschlussfolgert, dass du dir mehr Gedanken um dich machst."

„Wer glaubst du, dass du bist, dass du so mit mir reden kannst?" Ich versuchte, herumzuwirbeln, um ihn anzuschauen, aber sein Arm um mich spannte sich an.

„Dein Ehemann."

Ich blieb mürrisch und wütend...und stumm.

„Warum zur Hölle ziehst du allein los und spielst Poker in einem Saloon, wo ein Mann – oder Männer – sich dir aufzwingen könnten? Hast du irgendeine Ahnung, was dir dort hätte passieren können?"

Ich sagte kein Wort.

„Sonst redest du endlos und *jetzt* weigerst du dich, zu reden?"

Ich schürzte die Lippen. Ich wollte ihm so gern die Meinung geigen, aber das war genau das, was er wollte.

„Na schön." Er zog die Zügel hoch und das Pferd stoppte. Hier gab es nichts, in keiner Richtung, nur offene Prärie, hohes Gras, das sich in der leichten Brise wiegte und schwankte. Berge erhoben sich zerklüftet und groß in der Ferne, die Sonne war auf dem Weg nach unten zu ihnen. Mit einem Arm um meine Taille hob er mich vom Pferd.

„Was machst du? Du erwartest doch wohl nicht, dass ich den Rest des Weges laufe, oder?"

Garrison seufzte, schwang sein Bein über den Rücken des Pferdes und saß ab. „Ich hatte gehofft, das zu Hause tun zu können, aber es ist offenkundig, dass ich zu lang gewartet habe. Hier draußen haben wir eine Menge Privatsphäre. Ich bezweifle, dass du dabei ruhig sein wirst."

Ich trat einen Schritt zurück. „Wobei?"

„Deiner Bestrafung."

Er machte einen Schritt in meine Richtung, seine Augen schmal und konzentriert. Ich hatte diesen Blick zuvor schon mal gesehen, aber er war nie auf mich gerichtet gewesen. Er war entschlossen und mir gefiel das kein Stück. Ich trat zurück, machte auf der Hacke kehrt und begann, zu rennen.

„Hast du vor den ganzen Weg zurück zur Ranch zur rennen, Zuckerschnute?", rief er. „Du wirst trotzdem bestraft werden, ob du müde bist oder nicht."

Ich kam taumelnd zu einem Halt und beugte mich vornüber, um meine Hände auf meine Schenkel zu stützen. Ein Korsett zu tragen, raubte mir den Atem. Er würde mich bestrafen. Ich wusste nicht wie, aber ich fühlte mich schrecklich beklommen. Ich wusste, er würde mich nicht *verletzen*, aber ich war noch nie zuvor bestraft worden. Ich war eine selbstständige Frau. Ich fand meinen eigenen Weg. Ich spielte Poker in Saloons – und gewann! Während ich zu Garrison zurücklief, gefiel mir das Gefühl, unter jemandes Kontrolle zu stehen, kein bisschen.

Er beobachtete mich aus dem Augenwinkel, während er etwas aus seiner Satteltasche zog. Ich stand einige Schritte entfernt von ihm, als ich sah, dass es sich um ein zusammengerolltes Seil handelte.

„Was...was hast du damit vor?" Ich deutete auf das fragliche Objekt, aber mir fiel kein vernünftiger Einsatzzweck dafür ein.

Er kam langsam auf mich zu. Ruhig. „Ich werde dir nicht wehtun, Dahlia. Jemals. Das weißt du, oder?"

In seinen Augen lag immer noch der dunkle Schimmer der Autorität, aber er war gemeinsam mit seinem Tonfall etwas sanfter geworden.

Ich nickte. Ich hatte keine Angst vor ihm. Ich hatte die Blicke mancher Männer beim Pokerspielen gesehen und das hier war nicht das Gleiche.

„Ich muss die Worte hören."

„Ja", flüsterte ich. „Ich weiß, dass du mir nicht wehtun wirst."

Er nickte. „Ich werde dich mit meinem Leben schützen. Ich werde nicht zulassen, dass dir *irgendjemand* wehtut, nicht einmal du selbst. Bist du bereit, meine Fragen zu beantworten?"

Ich beäugte das Seil. „Du wirst mich fesseln?"

Er schüttelte den Kopf und ich musterte ihn von Kopf bis Fuß. Er *könnte* mich überwältigen, mir wehtun, mit mir tun, was auch immer er wollte. Ich reichte nur bis zu seinem Kinn. Seine Schultern waren doppelt so breit wie meine. Seine Beine waren dick wie Baumstämme. Seine Hände... Ich erinnerte mich zwar genau daran, dass mir diese Hände das wundervollste Vergnügen verschaffen konnten, aber ich wusste auch, dass sie eine Bestrafung verabreichen konnten, wenn es nötig wurde.

Ich begann mich zu entspannen, da es mich erleichterte, dass er das Seil nicht verwenden würde. Er musste es gespürt haben, da er fortfuhr: „Keine Sorge, Zuckerschnute, ich habe andere sehr überzeugende Methoden, dich zum Reden zu bringen."

Meine Augen fielen auf die Beule in seiner Hose. „Du wirst mich vögeln, um mich zum Reden zu bringen?"

„Ich ficke nicht, wenn ich wütend bin."

„Wie wirst du dann – "

„Lass uns anfangen", entgegnete er und ignorierte mich. „Sag mir, Dahlia Lee, warum hast du in dem Saloon in Carver Junction Poker gespielt?"

Er wandte keinerlei Überredungsstrategie an und ich verzog meine Augen zu Schlitzen. „Ich habe deine Frage zuvor nicht beantwortet, also warum denkst du, dass ich jetzt antworten werde?"

Bevor ich auch nur blinzeln konnte, streckte er seine Hand aus, packte mein Handgelenk und zog mich zu sich. Er setzte sich auf den Boden und zog mich über seinen Schoß. Ich fühlte mich wie eine Puppe, da ich hin und her bewegt wurde, wie es ihm beliebte, und weil meine Knie innerhalb von Sekunden auf einer Seite seiner Schenkel auf dem weichen Gras lagen, mein Oberkörper auf der anderen. Ich versuchte, mich aufzusetzen, aber mit einem festen Klaps auf meinen Po ließ er mich erstarren. Kurz. Dann begann ich zu kämpfen. Als ob ich ein Kalb wäre zog er meine Handgelenke schnell und äußerst geschickt hinter meinen Rücken und fesselte sie.

Er zog meinen Rock hoch, seine große Hand wanderte mein Bein hinauf, sodass sich der Stoff über meinen gefesselten Händen bauschte. Ich hörte ein Reißen und spürte die warme Luft auf meinem Hintern.

„Das ist das letzte Höschen, das du tragen wirst." Er riss es mir komplett vom Körper und warf es zur Seite. Ich konnte es von einigen hohen Grashalmen baumeln sehen. „Ich will, dass dein Arsch und deine Pussy jederzeit für mich entblößt und frei zugänglich sind. Obwohl ich dich viel lieber über etwas beugen und dich ficken würde, werde ich nicht zögern, dir den Hintern zu versohlen."

„Garrison! Wie kannst du es wagen!"

„Wie kann ich es wagen? Meine Frau war in einem Saloon und hat mit fremden Männern *Poker* gespielt."

Klatsch.

„Du hättest ausgeraubt werden können. Du hättest vergewaltigt werden können."

Klatsch.

Seine Stimme war tief und schroff und er atmete schwer.

„Warum, Dahlia? Warum machst du das?"

Ich zuckte zusammen und hielt die Luft bei seinem fortwährenden Angriff auf meinen Hintern an. Das Klatschen seiner Hand auf meiner Haut war laut – und es tat weh! Ich versuchte, es nicht zu zeigen, ihm keinerlei Reaktion zu geben, aber seine Hand bewegte sich freimütig über meinen Po und traf jedes Mal eine neue Stelle. Ich kniff meine Augen zusammen und biss auf meine Lippe, aber ich konnte es nicht. Ich schrie auf. „Garrison!"

„Warum?", wiederholte er.

Er würde nicht nachgeben. Ich könnte entkommen und wegrennen, aber er würde mich wieder einfangen. Er würde mich wieder nach unten drücken und mir ein weiteres Mal den Hintern versohlen. Tränen rannen über meine Wangen wegen der schmerzhaften Kombination aus einem wunden Hintern und Garrisons Entschlossenheit. Ich konnte mich nicht vor ihm verstecken. Auf keine Art und Weise. Er würde es mir nicht länger erlauben.

„Na schön. Schön! Ich werde reden."

Er legte seine Hand auf meinen Po, dieses Mal, um das erhitzte und äußerst kribbelige Fleisch sanft zu liebkosen. Die Bewegung schien den brennenden Schmerz zu lindern und verwandelte ihn in ein warmes Glühen. Er schwieg, wartete, worüber ich froh war. Es war mir schon peinlich genug, dass mein Hintern nicht nur vor ihm, sondern vor der ganzen Außenwelt entblößt war – und ich sprechen musste, während ich über seinem Schoß lag. Ich war nur dankbar, dass ich ihm beim Reden nicht in die Augen schauen musste und stattdessen auf die grünen Grashalme vor mir starren konnte.

„Ich habe Geld verdient, damit ich wegziehen kann."

„Wohin?"

Ich zuckte mit den Schultern und zupfte an einem Grashalm. „In eine Großstadt. Mir ist egal in welche. Ich will die Aufregung, die Aktivität, die es in einer Stadt wie Chicago oder Minneapolis gibt."

Seine Hand glitt tiefer, um über die Falte zu streicheln, wo mein Hintern auf meinen Schenkel traf. Ich erschrak bei der Veränderung seiner Aktivitäten.

„Das war kein einmaliger Pokerabend, oder?"

Seine Hand fuhr fort, mich zu streicheln und wanderte sogar noch näher zu meiner Weiblichkeit. Während es mir zwar erleichterte, ihm meine geheimsten Geheimnisse anzuvertrauen, erschwerte es mir aber auch, mich auf seine Fragen zu konzentrieren.

Ich schüttelte den Kopf und biss auf meine Lippe. Ich wollte meine Hüften nach oben und seinen Fingern entgegen wölben.

„Zu wie vielen anderen Orten bist du gegangen?"

„Ist...es wirklich wichtig, wohin ich gegangen bin? Bist du nicht in erster Linie wütend, weil ich es überhaupt getan habe?"

„Zur Hölle, ja, ich bin wütend, dass du es getan hast. Ich bin überrascht, dass Miss Esther von deinen...Abenteuern keinen Wind bekommen hat."

Miss Esther könnte sogar einer Rübe Informationen entlocken.

Er strich über die Locken, die meine Weiblichkeit beschützten, dann über meine privateste Stelle.

„Garrison!", japste ich.

„Wenn du ein böses Mädchen bist, wirst du übers Knie gelegt. Wenn du ein gutes Mädchen bist, erhältst du eine Belohnung." Jede Stelle, die seine Finger passierten, wurde warm, regelrecht heiß und ich konnte spüren, dass ich feuchter wurde. „Du hast mir von Miss Esther erzählt."

„Es...oh Gott, war nicht so schwer." Ich holte tief Luft und konnte nicht verhindern, dass sich meine Hüften zu bewegen begannen. Nur seine Fingerspitze umkreiste meinen Eingang und ich drückte sie in dem Wunsch, sie tiefer in mich zu ziehen. „Ich habe es einfach nicht Daisy oder Iris erzählt. Sie sind...Quasselstrippen."

„Wer hat dir beigebracht zu spielen?"

Er war derjenige, der mit mir spielte. Er glitt in mich und ich stieß meine Hüften zurück, sodass er tief in mich eindrang.

„Oh, so gierig", summte er. Er machte nichts weiter, hielt seinen Finger einfach ruhig in mir. „Wer hat dir beigebracht zu spielen?"

Meine Augen schlossen sich und Schweiß stand mir auf der Stirn. Und das nicht von der Sonne. „Big Ed. Er... Als ich siebzehn war, gab es einen heftigen Schneesturm, wegen dem wir alle tagelang eingeschneit waren. Er hat mir, Daisy,

Iris und Marigold beigebracht, wie man spielt. Wir haben Streichhölzer als Währung verwendet. Als der Frühling kam, war ich auf Geld übergegangen und knöpfte den Rancharbeitern ihre Ersparnisse ab. Danach hat Big Ed das Spiel verboten. Gott, Garrison, bitte. Du musst deinen Finger bewegen!"

Anstatt auf mich zu hören, zog er mich hoch und auf seinen Schoß. Dabei verschob er mich so, dass ich rittlings auf seiner Taille saß, meine Hände nach wie vor hinter mir gefesselt. Er stellte seine Füße auf den Boden, winkelte seine Knie an, sodass ich mit dem Rücken gegen seine Schenkel lehnte. Ich keuchte auf. Es war eine Mischung aus Überraschung darüber, aufrecht gedreht worden zu sein und dem Brennen meines Hinterns, der über den festen Stoff seiner Hose rieb.

Ich sah durch meine Wimpern zu ihm hoch, unsicher, was ich auf seinem Gesicht entdecken würde. Ich hatte gehofft, dass sich seine Wut und Entschlossenheit verzogen hatten. Das hatten sie. An deren Stelle war ein intensiver Fokus anderer Art getreten: Erregung. Er stieß sich den Hut vom Kopf, seine dunklen Haare glänzten im Sonnenschein. Er hatte sich heute Morgen nicht rasiert und seine Bartstoppeln waren dunkel. Ich wusste, sie würden an meiner Handfläche kratzen, wenn ich über seinen Kiefer streichelte – falls er meine Hände freigeben würde. Er streichelte meine Haare aus dem Gesicht, die sich größtenteils aus der Frisur gelöst hatten. Er befreite die Nadeln und ließ sie zu Boden fallen.

„Ich mag dein Haar offen."

„Sagte der Mann mit dem kurzen Haar", grummelte ich.

Er schüttelte langsam seinen Kopf, während er über meine langen Strähnen streichelte. „Nur ein Ehemann kann die Haare seiner Frau offen sehen."

„Du bist sehr zufrieden damit, mein Ehemann zu sein, oder?" Wieder und wieder hatte er die Vorteile, ein Ehemann zu sein, aufgezählt. Sie reichten von, mir den Hintern zu versohlen, bis hin, zu mich ficken. Auch wenn mir die Schläge nicht gefallen hatten, fühlte es sich definitiv so an, als ob seine Aktion mich dazu gezwungen hätte, eine Bürde abzulegen. Ich log Garrison oder Miss Trudy und Miss Esther nicht gerne an.

„Sehr zufrieden. Wenn ich nicht dein Ehemann wäre, würde ich das hier nicht tun können." Er griff unter meinen gerafften Rock, fand meine tropfnasse Mitte und schob nicht nur einen, sondern zwei Finger tief in mich. Ich erhob mich auf meine Knie und ließ meinen Kopf zurückfallen. Er war so tief und seine Finger füllten mich – nicht wie sein Schwanz, denn sie waren viel beweglicher. Ich hatte keine Ahnung gehabt, dass es Stellen tief in mir gab, die mich allein durch ein simples Streicheln oder Berührung eines Fingers fast zum Höhepunkt bringen konnten. Ich packte seinen Unterarm in dem Versuch, ihn so zu bewegen, wie ich es wollte.

Er schnalzte mit der Zunge. „Von heute an bereite ich dir Vergnügen, Dahlia. Willst du kommen?"

Seine Stimme war tief und rau und ich konnte die dicke Beule seiner Erregung unter mir spüren. „Ja!"

„Dann erzähl mir, wie viel Geld hast du gewonnen?"

Ich schrie frustriert auf. Ich war nah...so unglaublich nah, aber ich wusste, Garrison würde mir nicht erlauben, mich selbst zu berühren, um mir die glückselige Erleichterung zu verschaffen, nach der ich mich sehnte.

„Beim Pokerspielen?", fragte ich. Mein Atem ging stoßweise und ich war nicht einmal gerannt.

Seine Finger erstarrten tief in mir. „Du hast noch auf andere Arten Geld gewonnen?"

Ich schüttelte den Kopf, leckte meine Lippen. „Nein. Ähm...bis jetzt habe ich fünfundsechzig Dollar gespart. Jetzt beweg dich", befahl ich.

Er begann, wieder über die sensiblen Stellen tief in mir zu streicheln. „Beeindruckend. Du hattest vor, genug Geld zu machen, um in eine Großstadt zu ziehen und was... weiterhin zu spielen, um deinen Lebensunterhalt zu verdienen?"

Seine Worte veranlassten mich dazu, meine Augen zu öffnen. „Du magst mich vielleicht für eigensinnig halten, Garrison Lee, aber – "

Sein Gelächter schreckte ein paar Vögel, die sich im Gras niedergelassen hatte, auf und sie flogen davon. „Eigensinnig? Wie wäre es mit impulsiv? Entschlossen? Verrückt?"

„ – ich bin nicht in die Stadt davongerannt. Noch nicht." Ich begann mit den Hüften zu schaukeln, um seine Finger zu reiten. „Ich hab nur meine Gewinne gespart."

„Fickst du dich etwa selbst auf meinen Fingern?" Sein Mundwinkel hob sich. Er war so frustrierend! Im einen Moment fragte er mich nach meinen Geheimnissen, im nächsten war er düster und fast schon raubtierhaft. Er wusste auf jeden Fall, wie er mich aus dem Gleichgewicht bringen konnte. „Wenn ich deine Jungfräulichkeit nicht gestern Nacht genommen und das Blut an meinem Finger gesehen hätte, würde ich schwören, du hättest die Veranlagung einer Hure."

Mir war egal, dass mich seine Worte als Hure darstellten. Ich wollte kommen und ich wollte jetzt kommen.

„Ich brauche mein Vergnügen und du wirst es mir geben", knurrte ich.

Mit seiner freien Hand umfasste er durch mein Kleid

meinen Busen. „Jetzt da du mit mir verheiratet bist, musst du kein Geld mehr sparen. Ich bin nicht mittelos. Ich kann dir geben, was auch immer dein Herz begehrt."

„Mein *Begehren* ist es, zu kommen. Das ist die Aufgabe meines Mannes, glaube ich." Ich ballte meine Hände zu Fäusten und kämpfte gegen das enge Seil. Gefesselt zu sein, erhöhte irgendwie mein Verlangen, da ich völlig Garrisons Gnade ausgeliefert war. Ich konnte nichts anderes tun, als mich ihm zu unterwerfen und darauf zu warten, dass er mir gab, was ich brauchte.

Die Hand, die meine Brust umfasst hatte, wanderte unter meinen Rock und zwirbelte meinen äußerst empfindlichen Kitzler. Ich war nah, so nah dran, dass nur ein wenig zusätzliche Aufmerksamkeit, eine kleine Berührung, dann eine zweite alles waren, was es brauchte, um mich über die Klippe zu stoßen, um mich fliegen zu lassen.

Während ich meine Ekstase hinausschrie, hörte ich Garrison sagen: „Du bist die Meine."

7

Es war schwer, klar zu denken, wenn sich meine sehr lüsterne Frau auf meinen Fingern fickte. Ich versuchte, darüber nachzudenken, wie viele Pokerspiele sie gespielt haben musste, um fünfundsechzig Dollar zu gewinnen und ich wollte ihr wieder von neuem den Hintern versohlen. Aber mein Schwanz war zu hart, meine Hoden hatten sich fest zusammengezogen und mein Verlangen, Dahlia zu vögeln, war zu groß, um noch länger darüber nachzudenken. Sie schien diese Fähigkeit zu besitzen; sie konnte mich spielend leicht ablenken. Zur Hölle, sie hatte es jahrelang getan und da war es nur die *Fantasie* gewesen, sie zu nehmen. Ich machte mir Sorgen, dass ich niemals wieder meinen Verstand erlangen würde.

Es gab so viel zu bedenken. Ihr Wunsch, in einer Großstadt zu leben, ihr ausgeprägter Mangel an

Selbstschutz, ihre konstanten Geheimnisse. Sie hatte mir einen Teil verraten, aber das nur unter Zwang. Würde ich sie immer übers Knie legen müssen, um Antworten von ihr zu bekommen?

Abgesehen von den Antworten, die ich wollte, hatte ihre Bestrafung auch in einer sehr feuchten Pussy resultiert. Als ich mit meinen Fingern über ihre Falten glitt, fand ich sie feucht und heiß vor. Wenn wir zum Haus zurückkehrten, würde ich sie so nehmen, wie ich es mir erhofft hatte, und ihr Training für noch intensiveres Vergnügen, wie beispielsweise die Eroberung ihres süßen Hinterns, beginnen. Ich hatte beobachtet, wie sich das rosa Loch bei jedem gut platzierten Schlag meiner Hand gekräuselt und zusammengezogen hatte. Ich konnte sie zwar jetzt nicht in den Hintern ficken – ich musste sie darauf vorbereiten, meinen großen Schwanz zu akzeptieren – aber ich konnte sie auf jeden Fall mit der Vorgehensweise vertraut machen und herausfinden, wie sie darauf reagierte.

Sobald ihre Pussy aufhörte, meine Finger zu drücken, öffnete ich meinen Hosenschlitz und zog meinen Schwanz heraus. Die Spitze tropfte vor Eifer, sich in ihr zu vergraben.

„Hoch mit dir, Zuckerschnute." Mit einer Hand auf ihrer Hüfte hob ich sie auf ihre Knie. Ich griff nach hinten und löste schnell den Knoten, der ihre Hände zusammenband, sodass diese wieder frei waren. Ich senkte sie nach unten, sodass mein Schwanz ihren Eingang fand. Ihre Erregung machte sie feucht und erleichterte mir das Eindringen.

„Garrison", stöhnte sie und packte fest meine Schultern. Ihre Wangen waren gerötet und ihre Augen glasig. Die Brise erfasste ihre Haare, die wild ihren Rücken hinabhingen.

Indem ich ihre Hüften festhielt, hob und senkte ich sie, wie ich es wollte. Ihre feuchte Hitze brachte meine Hoden dazu, sich zusammenzuziehen, mein Samen in ihnen kochte praktisch. Ich wollte ihr Kleid aufreißen und ihre Brüste entblößen, aber sie hatte kein anderes Kleid als Ersatz. Sie seufzte, ein Laut, der fast Erleichterung gleichkam. Es war der süßeste, erregendste leise Ton. Sie hatte es gebraucht, von meinem Schwanz gefüllt zu werden. Das zu tun, machte sie weich und gefügig und alles andere als aufmüpfig.

„Es ist zu gut." Ihre Augen schlossen sich und sie begann, ihre Hüften zu wiegen und sich auf mir zu bewegen, wobei sie für sich entdeckte, was sich gut anfühlte. Atemloses leises Keuchen entkam ihren Lippen und sie begann, meinen Schwanz rhythmisch zu drücken.

Ich wusste, dass sie nah war, und ich würde sie über die Klippe stoßen und ich wusste genau, wie ich das anstellen würde.

Ich strich mit einem Finger um den Ansatz meines Schwanzes, dort wo wir vereint waren, und benetzte meine Fingerspitze mit ihrer Feuchtigkeit, bevor ich über ihre enge Rosette glitt.

Sie zuckte in meinem Schoß, als wäre sie eine ungezähmte Stute. „Garrison!"

Ich spürte, dass ihre Pussy auf meinen Schwanz förmlich auslief und ihre inneren Wände mich drückten.

Ich beobachtete sie aufmerksam, um jegliche Spur von Missfallen oder Unwohlsein zu bemerken. Außer dass sich ihre Augen überrascht weiteten, leistete sie meiner dunklen Berührung keinen Widerstand. Mein Finger an ihrem Hintern ging entschlossener vor, kreiste und stupste gegen ihr unerprobtes Loch.

„Gefällt dir das?", fragte ich.

Sie leckte ihre Lippen und begann sich wieder zu bewegen. Ihre Aktion arbeitete meine feuchte Fingerspitze in sie, dehnte ihren sich widersetzenden Muskel.

„Das tut es. So ein gutes Mädchen. Dein Hintern, Zuckerschnute, gehört mir. Schon bald werde ich ihn vögeln."

Ich beobachtete, wie sich ihre Augen verdunkelten, während sie die Idee überdachte. Sie hatte wahrscheinlich nicht einmal gewusst, dass das möglich war. „Davor werde ich ihn trainieren. Mit ihm spielen, wie ich es jetzt tue, aber ihn auch füllen und mit Plugs dehnen. Gott, du tropfst auf meinen Schoß. Du liebst die Idee, nicht wahr?"

Vielleicht waren es meine verdorbenen und erotischen Worte. Vielleicht war es, weil sie gerade erst auf meinen Fingern gekommen war. Vielleicht war es die überraschende neue Empfindung, dass mit ihrem Hintern gespielt wurde, jedenfalls kam sie. Sie starrte mich mit großen Augen an, ihr Schrei blieb ihr in der Kehle stecken. Sie drückte sich nach unten, rammte meinen Schwanz bis zum Anschlag in ihre Pussy und sorgte gleichzeitig dafür, dass mein Finger in ihren Hintern eindrang und sie bis zum Knöchel füllte. Während mein Schwanz reglos verharrte, bewegte ich meinen Finger rein und raus. Selbst dort zog sie sich zusammen, pulsierte und drückte und molk mich förmlich bei ihrem Höhepunkt.

Ich konnte mich nicht länger zurückhalten. Mein Schwanz wurde dicker und dann pulsierte er, als sich heiße Schübe Samen tief in sie ergossen. Ich knurrte und knirschte mit den Zähnen wegen der Intensität des Orgasmus. Wenn es nur mit einem Finger in ihrem Hintern so war, dann war ich begierig, nach Hause zu gehen und mit ihrem Training fortzufahren.

„Lass uns nach Hause gehen, Zuckerschnute. Ich habe Pläne für deinen hübschen Arsch."

Revolver & Röcke

Ich versprach Dahlia, dass ich sie zurück zur Lenox Ranch bringen würde, sobald sie frische Kleider brauchte. Sie hatte wahrscheinlich gedacht, dass das den nächsten Morgen bedeutete, aber während der nächsten drei Tage hatte ich dafür gesorgt, dass sie nackt blieb. In dieser Zeit hatten wir sprichwörtlich wie die Hasen gerammelt. Ich hatte ihr beigebracht, meinen Schwanz zu blasen und sogar ihren Hintern mit einem kleinen Plug trainiert. Sie hatte es geliebt. Nichts, was ich tat, machte ihr Angst, da meine Frau bemerkenswert ungehemmt, neugierig und sehr begierig war. Ich würde sogar so weit gehen zu sagen, sie war unersättlich. Ich war mehr als gewillt, ihrem unstillbaren Verlangen nach Sex nachzukommen, da es meine Aufgabe war, mich um jedes ihrer Bedürfnisse zu kümmern, einschließlich ihrer Lust.

Das hatte meine Wut über Pringles Pferdekauf in Carver Junction im Zaum gehalten. Das Tier war mir dabei egal. Es hätte meine Herde Deckhengste abgerundet, aber es gab noch andere. Ich war frustriert über den fortwährenden Einfluss meines Vaters auf meine Ranch, selbst von seinem Grab aus. Es war jetzt *meine* Ranch. Ich musste ihm nicht mehr Rede und Antwort stehen oder seine Wünsche erfüllen. Der verbitterte Bastard hatte mein Leben lang genug bestimmt. Zur Hölle, wenn er nicht von einem Pferd geworfen und sich den Hals gebrochen hätte, hätte er damit weitergemacht, die Ranch herunterzuwirtschaften und jeden in seiner Nähe zu vergraulen. Genauso wie er es mit meiner Mutter getan hatte.

Sie hatte sich nach der Stadt gesehnt, genau wie Dahlia. Sie hatte die Winter in Montana gehasst, die einsame Prärie. Tief in ihrem Inneren hatte sie, glaube ich, auch meinen Vater gehasst. Zugegebenermaßen war ihre Ehe keine Liebesverbindung gewesen, aber der Mann war obendrein noch unfreundlich zu ihr gewesen und war keinem ihrer Wünsche entgegengekommen. Wenn es ihr wenigstens erlaubt gewesen wäre, ihre Schwester in Helena zu besuchen, hätte sie sich vielleicht nicht umgebracht.

Jetzt hatte ich ironischerweise eine Frau, die überall sein wollte, nur nicht auf einer Ranch, und die mit einem Mann verheiratet war, der *nur* auf einer Ranch sein wollte. Der Unterschied zwischen mir und meinem Vater – außer, dass er ein absolutes Arschloch gewesen war – war, dass ich Dahlia liebte. Ich *wollte* sie. Nein, ich brauchte sie.

Aber Pringle hatte meine Pläne über den Haufen geworfen. Da er das Pferd in Carver Junction gekauft hatte, hatte ich einen Rancharbeiter losgeschickt, um mit einem Mann aus Kansas darüber zu verhandeln, seinen Deckhengst zu kaufen. Ich hatte zuvor schon Pferde bei ihm gekauft und würde es auch wieder tun. Seine Antwort lautete, er würde das Tier mit dem Zug nach Cheyenne bringen lassen. Ich hatte zwei Wochen, um dorthin zu gelangen und mich mit ihm zu treffen. Ich fragte mich nur, was Dahlia von all dem halten würde. Wir hatten gerade erst geheiratet und eine Reise nach Cheyenne würde es uns nicht leicht machen.

„Ich verstehe nicht, warum ich auf deinem Schoß reiten muss", grummelte Dahlia, ihre Stimme widerborstig. Sie war eine ordentliche Handvoll und wenn sie nicht aufhörte, herumzurutschen, würde ich mit einem Ständer auf der Lenox Ranch ankommen. „Dir gehören mindestens fünfzig Pferde."

„Sechzig", korrigierte ich sie, während ich dem Pferd erlaubte, das Tempo selbst zu bestimmen. Es war an der Zeit, ihre Familie zu besuchen und ihnen zu versichern, dass wir tatsächlich noch lebten und verheiratet waren. Ich war begierig, ihre Besitztümer abzuholen, damit sie offiziell und endgültig in mein Haus, mein Schlafzimmer – mein Bett – einzog.

„Noch ein Grund mehr, auf meinem eigenen Pferd zu reiten."

„Ich hatte angenommen, dass du gerne seitlich auf meinem Schoß sitzen würdest, weil du einen schön großen Plug in deinem Hintern hast."

Ich tätschelte ihren Hintern und spürte den Teil des Plugs, der aus dem engen Loch herausragte.

Sie schloss ihren Mund mit einem Klacken ihrer Zähne und ich hörte, dass ihr ein leises Stöhnen entschlüpfte. Wir hatten herausgefunden, dass ihre Orgasmen viel intensiver waren, wenn ich mit ihrem Hintern spielte, während ich sie fickte. Ich konnte mir nur vorstellen, wie es sein würde, wenn ich tatsächlich dieses jungfräuliche Loch mit meinem Schwanz anstatt mit einem glatten Stück Holz füllte. Ich musste über ihre fortwährenden Unverschämtheiten grinsen und die leichteste Methode, sie zu kontrollieren. Mit ihrer Pussy und Hintern – sogar mit ihren hübschen rosa Nippeln – zu spielen, war sogar effektiver als ihr den Hintern zu versohlen.

„Ich weiß nicht, warum du darauf bestehst, dass ich ihn in mir behalte, während wir meine Familie besuchen. Du hast mich noch nie zuvor so lange einen tragen lassen."

Als wir auf das große Haus zuritten, murmelte ich: „Der Plug soll deinen Hintern dehnen, damit ich dich dort irgendwann vögeln kann, worum du mich ja so häufig anflehst. Aber für den Moment ist er dazu da, dich daran zu erinnern, dass du mir gehörst."

„Wie könnte ich das vergessen, wenn dein Samen meine Schenkel runterläuft?", flüsterte sie, wobei ihr warmer Atem über mein Ohr strich. Ich spürte, dass sich mein Schwanz regte. Die Vorstellung, dass mein Samen sie füllte und ihre Pussy zum Überlaufen brachte, erweckte jeden niederen Instinkt in mir. Sie grinste mich an und ich wusste, dass sie Macht über mich verspürte. Obwohl ich sie mit meinem Samen gefüllt und darauf beharrt hatte, dass sie einen Plug in ihrem Arsch trug, hatte sie mich an den Eiern. Ich mochte zwar der Dominante in unserer Ehe sein, aber es stand außerfrage, dass Dahlia die ganze Macht hatte. Als ich die Fliegentür der Lenox' Hintertür zuschlagen hörte, hatte sie wirklich Glück, dass ich sie nicht einfach über meine Schulter warf und sie hinter einen Baum trug, um über sie herzufallen. Mit dem Plug und allem.

DAHLIA

„Du hast ihn geheiratet?", kreischte Iris von der Veranda.

Es bestand keine Möglichkeit, dass irgendeinem Mitglied der Lenox Familie unsere vertraute Position auf dem Pferd entging, als wir auf sie zu ritten. Hoffentlich hatten sie keinen blassen Schimmer, dass ein glattes und sehr großes Stück Holz meinen Po ausfüllte.

„Ansonsten würde sie nicht auf seinem Schoß sitzen", merkte Miss Esther an. Sie kniff den Mund zusammen und musterte mich wachsam. Sie war die strengere der zwei Frauen, die mich gemeinsam mit sieben anderen kleinen Mädchen nach dem Feuer adoptiert hatten.

„Ja, ich habe ihn *geheiratet*", antwortete ich, als mich Garrison auf den Boden setzte und dann selbst absaß. Marigold und Iris wandten sich einander zu und umarmten sich, dann begannen sie, los zu plappern. Lily trat zu ihnen auf die Veranda und sie erzählten ihr schnell meine Neuigkeiten. „Habt ihr die Nachricht nicht erhalten?"

Miss Esther nickte. „Natürlich, dein Ehemann hat vor ein paar Tagen jemanden vorbeigeschickt."

„Du bist wirklich verheiratet?", wollte Iris wissen, wobei ihre Augen vor Aufregung leuchteten. „Ich dachte, du bist nach Carver Junction gegangen, um eine Freundin zu besuchen."

Garrison stand neben mir und ich hielt den Atem an, während ich darauf wartete, dass er mich verriet.

„Ihre Freundin ist sehr nett", sagte er, womit er mich völlig überrumpelte. Ich drehte mich, um zu ihm hochzuschauen, mein Mund hing auf. „Miss Banks", er legte seinen Kopf schief und sah zu mir hinunter, „war eine großzügige Gastgeberin, als ich an ihre Tür klopfte. Sie kümmerte sich um *jedes Einzelne* meiner Bedürfnisse."

Meine Wangen liefen bei seiner Anspielung feuerrot an, aber glücklicherweise entging das den anderen.

„Garrison, ich sollte doch ein Blumenmädchen sein!", schmollte Poppy.

„Du bist bereits ein Blumenmädchen", konterte er. „Das seid ihr alle." Sie errötete, weil ihr ein Mann seine Aufmerksamkeit schenkte, und sah weg.

„Miss Trudy besucht gerade Rose", erzählte Miss Esther und wischte sich ihre Hände an ihrer Schürze ab. Sie kochte immer irgendetwas und nach dem Mehl zu schließen, das noch an ihren Kleidern haftete, würde ich auf einen Pie tippen. „Chance will, dass sie es langsamer angehen lässt, jetzt da sie in anderen Umständen ist. Er wird alle Hände voll zu tun haben, wenn er diese Frau ruhighalten will." Rose hatte uns die Neuigkeiten vor einem Monat verkündet. Obwohl sie eindeutig begeistert über die Vorstellung eines Babys war, schien sie auch genauso große Angst vor dem

Konzept zu haben. Sie war nie der mütterliche Typ gewesen, wie es Hyacinth sein würde, wenn ihre Zeit kam, aber ich wusste, dass sie wahrscheinlich ihre Meinung ändern würde, wenn sie erst einmal ihr Baby in den Armen hielt.

Miss Esther schüttelte den Kopf und lief in die Küche. „Ich schätze, ihr wollt Kaffee."

„Wir können nicht lang bleiben, Ma'am", erwiderte Garrison, der meinen Ellbogen nahm, während wir die wenigen Stufen zur Veranda erklommen. „Ich werde auf der Ranch gebraucht. Ich habe meine Pflichten nun für mehrere Tage vernachlässigt."

Sie drehte sich um und warf ihm einen Blick zu, der besagte, dass sie *genau* wusste, warum er nachlässig gewesen war. Ich kannte nicht nur den Grund, sondern spürte ihn auch in meinem Hinterteil.

Pferde zu züchten und sie im gesamten Territorium und sogar noch weiter bis nach Wyoming und Dakota zu verkaufen, war ein äußerst ertragreiches Geschäft für ihn. Die Größe seines Landes und seines – unseres – Hauses waren Zeichen seines Erfolgs. Er bestimmte zwar gerne, wie sein Geschäft geführt wurde, aber er verfügte auch über sehr fähige Rancharbeiter, die sich tage- und sogar wochenlang um die Tiere kümmerten, wenn es nötig war.

„Dahlia, du weißt, wo alles ist."

Ich ging zum Schrank, holte drei Tassen und trug sie zum Herd, wo immer eine Kanne mit heißem und frischem Kaffee stand.

„Hol mir auch eine Tasse", rief Lily.

Ich bediente alle, während meine Schwestern Garrison mit Fragen löcherten. Er antwortete entweder bereitwillig oder umging eine Antwort mit Geschick und Können. Nicht jeder konnte so spielend leicht mit meinen Schwestern umgehen. Sie waren überwältigend und laut. Auch wenn

Garrison vertraut mit all den Lenox war, so war er nie im Haus gewesen, sondern immer nur zur Eingangstür gekommen, um nach mir zu fragen. Er war noch nie zuvor zu Besuch gewesen, während so viele von uns anwesend waren. Ich konnte mich nicht einmal daran erinnern, ob er jemals ein Gespräch mit Miss Esther geführt hatte, außer dem üblichen Hallo nach der Kirche oder einem Gruß, wenn sie sich in der Stadt begegnet waren. Es musste etwas ungewöhnlich für sie sein, dass der Mann jetzt mit einer ihrer Töchter verheiratet war.

Äußerst vorsichtig setzte ich mich auf einen Stuhl neben ihn. Ich legte meine Unterarme auf den Tisch und beugte mich nach vorne, damit ich kein Gewicht auf den Plug ausübte.

Ich sah, wie sich Garrisons Lippen wegen meiner misslichen Lage nach oben verzogen und schaute ihn aus schmalen Augen finster an.

„Warum waren Sie in Carver Junction, junger Mann?", fragte Miss Esther und lenkte seine Aufmerksamkeit von mir.

Garrison trank einen Schluck von seinem Kaffee. „Ich bin dorthin, um ein Pferd zu kaufen."

„Haben Sie gefunden, wonach Sie gesucht haben?"

Garrison sah auf mich hinab und nahm meine Hand in seine. „Das habe ich." Nach einem Moment wandte er sich wieder an Miss Esther. „Was das Pferd betrifft, das war bereits verkauft worden."

„Dahlia, warum reden wir über Pferde, wenn wir auch über andere *Dinge* reden können?", fragte Iris. Sie stützte ihr Kinn auf ihre Hand und starrte Garrison an. „Wie hast du sie gefragt?"

Ich räusperte mich. „Er...er ist natürlich auf ein Knie gegangen."

Garrison drückte meine Hand. „Ich war so überzeugend, dass sie nicht ablehnen konnte."

Ich verschluckte mich an meinem Kaffee.

„Was ist mit deinen Plänen, in die Stadt zu ziehen?", erkundigte sich Poppy.

„Wir waren zu beschäftigt, um überhaupt irgendetwas zu besprechen", erklärte Garrison ihr, was meine vier Schwestern zum Kichern brachte.

„Wo ist Daisy?", fragte ich. Sie war die einzige unverheiratete Schwester, die nicht anwesend war, was mich überraschte, da sie und ich uns am nächsten standen. Ich hatte angenommen, dass sie ziemlich wütend auf mich sein würde, dass ich es ihr nicht als erstes erzählt hatte.

„In der Stadt mit Hyacinth und Jackson."

„Sie hat ein Auge auf Doktor James geworfen", erklärte Lily mit leiser und aufgeregter Stimme, als ob *sie* diejenige wäre, die den Stadtarzt attraktiv fand. „Sie hat gehofft, einen Blick auf ihn zu erhaschen."

Miss Esther schüttelte den Kopf und schnaubte. „Das Mädchen wird ordentlich enttäuscht werden. Doktor James ist draußen bei den Nelsons und bringt deren Baby auf die Welt."

Wohingegen ich zwar von Daisys Interesse an dem Arzt wusste – sie hatte es mir im Verlauf der vergangenen paar Monate wiederholt erzählt – hatte ich nicht gewusst, dass Miss Esther über den Aufenthaltsort des Mannes informiert war.

„Wir werden eine Hochzeitsfeier abhalten", verkündete Miss Esther und erhob sich, um ihr kleines Notizbuch zu holen, und fing an, hinein zu schreiben. „Nächstes Wochenende würde gut passen. Wir werden es am Sonntag in der Kirche ankündigen. Ein Picknick."

„Das ist sehr nett von Ihnen, Miss Esther, aber jenes

Wochenende passt nicht", meinte Garrison.

Sie hielt inne und sah auf. „Oh?"

„Ich werde ein Pferd in Cheyenne kaufen und muss es dort vom Zug abholen."

„Ein Pferd auf einem Zug? Stellt euch das mal vor!", rief Marigold.

Ich zog meine Hand unter Garrisons weg und schaute zu ihm hoch. Ich hatte keine Chance, meine Überraschung zu verbergen, weil das auch für mich neu war! Er würde mich verlassen, um nach Cheyenne zu gehen? Das lag hunderte Meilen entfernt. Hätte er sich überhaupt von mir verabschiedet?

„Ich sollte meine Sachen packen", murmelte ich und stand auf. Garrison schaute zu mir, aber sagte nichts.

„Dahlia, bist du nicht sauer, dass dich dein Ehemann verlässt?", fragte Iris.

Mein Rückgrat versteifte sich bei ihrer Frage. Sie war absolut unfähig, subtil zu sein oder zu bemerken, dass etwas nicht stimmte. Wie konnte sie nicht erkennen, dass ich wegen einem Pferd sitzen gelassen wurde?

Ich nahm meine übliche freche Haltung der Desinteressierten ein und lächelte, wenn auch gezwungen. „Natürlich nicht", erwiderte ich. Ich war dankbar, dass meine Stimme nicht zitterte, obwohl mein Herz gerade brach. Er würde sicherlich von Cheyenne zurückkehren, aber es legte den Tenor unseres gemeinsamen Lebens fest. Es würde nicht wirklich *gemeinsam* geführt werden. Hatte ich ihn überhaupt jemals vollständig gehabt? War ich für ihn nur eine weitere *Sache*, die er gekauft hatte? „Garrison war eine ziemliche Ablenkung für mich. Wenn er weg ist, kann ich mich wieder den Aktivitäten widmen, die ich vernachlässigt habe."

Garrisons Kiefer spannte sich an und ich blieb nicht

länger stehen, um von Iris in ein Gespräch zu diesem Thema verwickelt zu werden. Es war so schon schwer genug. Ich flüchtete nach oben in mein Zimmer und holte meine Tasche.

Ich hatte erst drei Kleider gefaltet, als Garrison in der offenen Tür stand. Er erfasste den Raum mit einem schnellen Blick und konzentrierte sich dann auf mich. „Was zur Hölle sollte das gerade eben?", murmelte er.

Er sprach mit leiser Stimme, da wir zwar im zweiten Stock waren, wir aber jederzeit in unserer Zweisamkeit gestört werden könnten. Außerdem wusste ich, wie neugierig all meine Schwestern waren, da ich mich genauso verhalten hatte, als Hyacinth und Jackson allein gewesen waren, wie wir es jetzt waren.

Ich stopfte ein Kleid in die Tasche. „Was meinst du?", erwiderte ich scharf.

„Hast du vor, deine alten Mätzchen wieder aufzunehmen?"

„Mätzchen? So nennst du also, was ich mit meinem Leben mache?"

Schweigend stand er groß und bedrohlich da. Niemand sonst brachte mich so aus der Ruhe wie er es tat. Niemand sonst machte mich so heiß und feucht und begierig nach ihm.

Ich zuckte mit den Achseln, während ich ein weiteres Kleid faltete. „Warum nicht? Wenn du weg bist, werden wir nicht unsere ganze Zeit mit Vögeln verbringen, also werde ich mich auf andere Arten beschäftigen können."

Er verschränkte die Arme vor der Brust und lehnte sich an die Wand. „Du würdest wieder anfangen, Poker zu spielen, sogar gegen meinen Wunsch?"

Ich warf ihm einen Blick über meine Schulter zu. „Wer hat irgendetwas von Poker gesagt?"

Er deutete auf mich. „Ich kenne diesen Ton, Zuckerschnute. Und glaub nicht, dass ich deinen Hintern nicht hier und jetzt schön rosa versohlen werde."

Ich wirbelte herum, um ihm in die Augen zu sehen, die Hände in die Hüften gestemmt. „Das würdest du nicht wagen."

„Ich würde es und du weißt das." Er seufzte, dann senkte er seine Stimme und fuhr fort: „Du kommst mit mir nach Cheyenne."

Meine Arme fielen an meine Seiten. „Du nimmst mich mit nach Cheynne, weil du mir nicht trauen kannst, dass ich mich nicht in Schwierigkeiten bringe?"

Er beugte sich zu mir und senkte seine Stimme sogar noch weiter. „So wie du dich gerade benimmst, drängt sich mir wirklich diese Frage auf, ja. Aber du kommst mit mir, weil ich von Anfang an geplant hatte, dich mitzunehmen."

Mein Mund klappte auf. Er hatte von Anfang an geplant, mich mitzunehmen? Wirklich? Oder sagte er das jetzt nur, um die Tatsache zu verschleiern, dass er mir nicht vertrauen konnte? Es war um so vieles leichter, meinen Schmerz hinter meiner schnippischen Fassade zu verbergen. „Du hast gesagt, ich würde nicht gehen."

Er schüttelte langsam den Kopf. „So etwas habe ich nie gesagt."

„Ja, du – "

Er legte seine Finger auf meine Lippen. „Iris hat angenommen, ich würde dich zurücklassen und hat das so ausgesprochen. Ich kann nichts dafür, wenn du ihren Worten glaubst, anstatt mich zu fragen." Er rieb sich mit der Hand über seinen Nacken und trat zurück, tigerte durch das kleine Zimmer. „Warum, Dahlia? Warum um Himmels willen würdest du jemals denken, dass ich dich zurücklassen würde? Habe ich dir irgendeinen Grund gegeben, zu denken, dass ich so weit weg von dir sein möchte?"

„Ich...ich meine, nun – ", stotterte ich. Er hatte tatsächlich nichts Derartiges getan. Ich war einfach davon ausgegangen, dass er mich verlassen würde. Ich zweifelte nicht länger daran, dass meine Narben abschreckend für ihn waren, aber noch tiefer in meinem Inneren wusste ich, dass mich Menschen, die ich liebte, verließen, genauso wie es meine Eltern getan hatten. Es war leichter, mich damit abzufinden und Garrison zu verscheuchen, als meinen Schmerz mit ihm zu teilen. Wenn ich *ihn* nicht mochte, war es einfacher für mich, sein Gehen zu tolerieren.

Garrison überwand die wenigen Schritte zwischen uns. „Du hast meinen Plug in deinem Hintern. Denkst du, ich will all diese Wochen, in denen ich weg bin, warten, bis ich dieses enge, jungfräuliche Loch ficken kann?"

Ich spürte, dass Hitze meinen ganzen Körper durchströmte. Seine Worte, seine Stimme, die Art, wie er meine Wange mit der Rückseite seiner Fingerknöchel streichelte, während er sprach, riefen in meinem Körper Reaktionen hervor. Meine Nippel richteten sich auf, meine Pussy wurde weich und ich drückte das fragwürdige Objekt in meinem Hintern.

„Ich kenne dich, Dahlia Lee. Ich weiß, dass du der Idee nicht so abgeneigt bist, wie du es vorgibst. Ich weiß, dass alles nur Show ist, um deine Ängste zu verbergen."

Mein Mund klappte auf. „Was...?"

Er packte meine Schultern, beugte sich an der Taille und zwang mich, ihm in die Augen zu sehen. „Ich werde dich nicht verlassen. Du bist die Meine und bei mir musst du nichts vortäuschen. Du musst nicht so tun, als wärst du stark."

Er konnte all das erkennen? „Garrison, ich...ich habe

Angst, Angst dich auch noch zu verlieren."

Er wusste, dass ich meine Familie meinte, weil sie gestorben waren und mich allein gelassen hatten.

„Ich gehe nirgendwohin, Zuckerschnute. Außerdem", fügte er hinzu und wechselte dankenswerterweise das Thema, „bist du doch so entschlossen, in eine Großstadt zu gehen. Ich dachte, dir würde es in Cheyenne gefallen. Es ist nicht so groß wie Denver, keinesfalls, aber ich denke, du wirst feststellen, dass es dort eine Menge zu sehen und zu tun gibt."

Wie konnte ich wütend auf Garrison sein, wenn er so rücksichtsvoll war? So verdammt umsichtig? Er wollte mich mitnehmen und er wollte, dass ich eine Großstadt sah. Er hatte zugehört, hatte meine Wünsche gehört und versuchte, sie zu erfüllen. Er hatte gesagt, es wäre seine Aufgabe, mir Vergnügen zu bereiten und während er das mit seiner männlichen Ausdauer zur Genüge tat, tat er es auch, indem er mich mit sich nahm.

Ich räusperte mich und schenkte ihm ein Lächeln.

„Ich habe dich sprachlos gemacht." Er beugte sich zu mir und rieb seine Nase an meinem Hals.

„Garrison", seufzte ich und neigte meinen Kopf zur Seite.

„Allein, weil ich weiß, dass dein Hintern gefüllt ist, bin ich schon den ganzen Morgen hart." Er knabberte an meinem Ohrläppchen und ich keuchte. „Ich will dich zum Höhepunkt bringen."

„Wir können nicht", flüsterte ich.

„Wir können und wir werden. Ich frage mich nur, ob du still bleiben kannst", murmelte er, während er die Knöpfe an meinem Hals öffnete.

Ich lächelte. „Ich glaube nicht, dass ich das kann. Du bist zu gut."

Unter meiner Hand spürte ich ein Rumpeln tief in Garrisons Brust.

„Ich glaube...ich glaube Hyacinth und Jackson haben das einmal gemacht", murmelte ich.

„Was? In ihrem Zimmer gevögelt?", fragte er, während er die Kuhle über meinem Schlüsselbein küsste.

„Ich glaube schon." Ich sah zur Decke hoch und dann schlossen sich meine Augen, weil er an der empfindlichen Stelle an meiner Schulter knabberte. „Da...da waren Geräusche, Stimmen, Rascheln. Ich erkenne die Anzeichen jetzt."

„Dreh dich um." Er wirbelte mich an den Schultern herum und wies mir mit einem Neigen seines Kinns die Richtung. „Geh auf dein Bett, auf Hände und Knie."

Ich gehorchte und richtete meinen Rock, sodass er nicht unter mir festklemmte. Er packte dessen Saum und warf ihn über meinen Rücken. Ich sah über meine Schulter zu ihm. Mein Hintern ragte hoch in die Luft und ihm ins Gesicht, vollständig nackt, da er auch meinen letzten Schlüpfer zerrissen hatte. Er konnte *alles* sehen – meine Pussy, die feucht war, wie ich wusste, und das Ende des Plugs, der meinen Hintern teilte. Er trat einen Schritt näher, während er mich dort betrachtete. Er musste lediglich seine Hose öffnen und ich wäre in der perfekten Position zum Vögeln. Der Gedanke ließ Feuchtigkeit meine Schenkel hinabrinnen.

Garrison zupfte an dem Plug. „Ich werde über deine Neigungen nachdenken müssen, wie beispielsweise, dass du anderen beim Ficken zuhörst. Verrate mir, glaubst du, Jackson hat Hyacinth auch einen Plug in den Arsch gesteckt?"

Ich atmete keuchend, als er begann das Objekt aus meinem Körper zu entfernen und alle Gedanken an meine

Schwester und ihren frisch gebackenen Ehemann verflüchtigten sich. Ich seufzte, als der Plug aus mir glitt. Er warf ihn auf die Decke. Ich fühlte mich leer, offen und äußerst entblößt.

Er streichelte mit seinem Daumen über meine feuchten Falten und dann zurück zu meinem Hintern, der versuchte, sich zu schließen. Er gab ihm keine Gelegenheit dazu, da ich durch die Salbe, die er ursprünglich verwendet hatte, um den Plug in mich einzuführen, sehr glitschig war. Er drückte seinen Daumen mühelos in mich, seine Finger und Handfläche ruhten dabei auf meinen Pobacken.

„Garrison!", kreischte ich.

„Schh", gurrte er, während er seinen Daumen in meinem Hintern rein und raus bewegte, sowie zur Seite, um ihn noch weiter zu dehnen. Es war wie vor ein paar Tagen, als er mir den Hintern versohlt hatte – ein bisschen unangenehm und ich verzog mein Gesicht bei den Empfindungen. Es schmerzte leicht, aber das Vergnügen, das damit einher ging, war einfach zu groß, um es zu ignorieren. Ich liebte es, wenn er mich berührte, nun, überall, aber Analspielchen – wie er sie nannte – waren etwas, das einfach...umwerfend war. Vielleicht lag es daran, dass Garrison derjenige war, der mich anfasste, da er so geschickt, so bewandert darin war, zu erkennen, was ich brauchte. Er wusste, wann er mich an meine Grenzen bringen musste, wann er mich an überraschenden und neuen sinnlichen Stellen berühren konnte oder wann er mich einfach sanft und fast schon süß vögeln sollte. „Du willst doch nicht, dass deine Schwestern wissen, was wir gerade machen. Und ganz bestimmt nicht Miss Esther."

Ich schüttelte den Kopf. Ich wollte nicht, dass sie wussten, was mein Ehemann mit mir machte, dass er seinen Daumen tief in meinen Hintereingang geschoben hatte. Sie wussten natürlich, dass wir die Ehe vollzogen hatten, aber das meinte, seinen Schwanz in meiner Pussy. Ich bezweifelte, dass irgendeine von ihnen glauben würde, dass ich Garrison erlaubt hatte, mit meinem Allerwertesten zu spielen.

Noch vor einer Woche hätte ich es auch nicht geglaubt, aber jetzt, jetzt waren die Gefühle, dort berührt zu werden, mit nichts anderem vergleichbar. Es kribbelte und war heiß und dunkel und verrucht und es fühlte sich…so gut an. Das erste Mal, als er nur mit einem Finger über diese zarte Öffnung gestrichen hatte, war ich gekommen. Es war, als ob es das fehlende Teil gewesen wäre, um den Sex von gut zu unglaublich zu steigern. Es gab kein Zurück zu stinknormalem Sex und ich bezweifelte, dass Garrison das zulassen würde, selbst wenn ich es wollte.

Er hatte mich auf jeden Fall für alle anderen ruiniert. Nicht, dass ich einen anderen wollte.

Meine Hüften begannen sich wie von selbst zu bewegen, drückten sich nach hinten, um so viel wie möglich von dem aufzunehmen, was Garrison mir anbot. „Jede Nacht, Zuckerschnute. Den ganzen Tag lang werde ich dich ficken – in der Kutsche, im Hotel, zur Hölle, sogar in einem Bordell, falls du möchtest, dass ich mit dir angebe. Ich kann nicht mehr als ein paar Stunden ohne deinen köstlichen Körper aushalten. Wie kommst du auf den Gedanken, dass ich einen ganzen Monat ohne dich ertragen könnte?"

Ich senkte mich auf meine Unterarme und mein Kopf fiel auf die kühle Decke. „Ich…ich brauche dich, Garrison."

„Gutes Mädchen." Ich hörte, dass er seine Hose öffnete, dann fühlte ich die breite Spitze seines Schwanzes über meine empfindlichen Schamlippen gleiten. „Deine Pussy, fürs Erste."

Er glitt in mich, teilte meine Lippen weit um seinen

dicken Schwanz. Tiefer und tiefer drang er in mich, bis er bis zum Anschlag in mir war. Da sein Daumen in meinem Hintern steckte, war es so unglaublich eng. „Oh mein Gott", flüsterte ich. Meine Haut war schweißnass, meine Finger krallten sich in die Decke. Es war zu viel, die Gefühle, die Garrison meinem Körper entlocken konnte.

Mit einer Hand auf meiner Hüfte begann er sich zu bewegen, rein und raus, nicht nur seinen Schwanz, sondern auch seinen Daumen, in gegensätzlichen Bewegungen.

„Du bist so hinreißend", flüsterte er. „Diese hübschen rosa Schleifen, die deine Strümpfe hochhalten, deine cremefarbenen Schenkel direkt darüber. Ich liebe es, zu beobachten, wie mein Schwanz in deine Pussy rein und raus gleitet, wie deine rosa Lippen weit gespreizt und um meine Schwanzwurzel geöffnet sind. Und dein Arsch, ich liebe es zu sehen, wie mein Daumen deinen Arsch aufspießt, zu fühlen, wie du ihn drückst, als ob du mehr willst. Tiefer. Größer."

Sein Geflüster wurde von seiner keuchenden Atmung untermalt und ich biss auf meine Lippe, um mich vom Schreien abzuhalten. Ich war nah, so nah, dass meine Ohrenspitzen kribbelten. Ich hatte zwar immer die Kontrolle, plante mein Leben rücksichtslos und akribisch, aber wenn ich mich unter Garrison befand, wenn er mich vögelte, wusste ich, dass ich wahrhaftig dominiert wurde. Es gab nichts, was ich tun konnte, außer zu akzeptieren, was auch immer Garrison mir geben wollte.

Ich befand mich in meinem alten Schlafzimmer, nur eine Tür trennte mich von meinen Schwestern, die jederzeit vorbeilaufen könnten. Es gab kein Schloss und Daisy konnte – und würde – einfach reinkommen, wie sie es oft getan hatte, ohne Interesse an meiner Privatsphäre. Anstatt dass die Vorstellung, erwischt zu werden, meinen Gefühlen einen Dämpfer verpasste, trieb sie mich sogar noch näher zum Höhepunkt.

„Du wirst so hart kommen, Zuckerschnute, und du wirst leise dabei sein. Dieses Mal. Wenn wir nach Hause kommen, werde ich mich wieder um dich kümmern und dann kannst du nach Herzenslust schreien."

Ich nickte an der Bettdecke, da ich wusste, dass ich bezüglich meines Höhepunktes nichts zu vermelden hatte. Wenn er wollte, dass ich kam, würde er meinen Körper rücksichtslos bearbeiten, bis ich es tat. Er war ein Meister darin. Er war mein Meister und es gab niemanden, bei dem ich lieber wäre. Es gab keinen anderen, den ich so nennen wollte.

Er veränderte die Position meiner Hüften und stieß tief in mich, wobei er über geheime Stellen tief in mir glitt. Das war alles, was nötig war, damit ich kam. Meine Welt explodierte, das Vergnügen war so intensiv, dass ich nicht einmal schreien konnte. Mein Körper spannte sich an, wurde steif, während Garrison weiterhin in mich hämmerte. Das Geräusch seiner Hüften, die gegen meine klatschten, das feuchte Geräusch unserer Vereinigung füllte die Luft. Garrison streichelte mein Inneres durch meinen Höhepunkt hindurch und erst als er zu verebben begann, als ich wieder zu Atem kam, spürte ich, dass er in mir dicker und länger wurde und sich bis zum Anschlag in mir versenkte. Seine Finger, die meine Hüften umklammerten, waren der einzige Hinweis darauf, dass er kommen würde, bis ich spürte, dass mich sein heißer Samen bis zum Überlaufen füllte. Während er sich langsam herauszog, glitt auch sein Daumen aus meinem Hintern und sein Samen rann meine Schenkel hinab. Ich lag da mit dem Hintern in der Luft, während ich um Atem rang. Würde ich mit Garrison jemals zu Atem kommen?

8

ARRISON

Cheyenne war heiß und windig. Ich hatte die Stadt noch nie ohne Wind erlebt. Je weniger Zeit ich in der Stadt verbringen musste, desto besser, da ich mich zwischen all diesen Leuten eingesperrt fühlte. Dahlia hingegen schien es zu lieben. Wir hatten mehrere verschiedene Restaurants besucht und waren sogar zu einem Freiluft-Konzert gegangen. Ich hatte ihre Begierde nach diesen Attraktionen befriedigen wollen, um dann, wenn der Zug mit dem Pferd angekommen war, alles hinter uns lassen zu können.

Ich machte mir Sorgen, dass ich nicht genug für sie sein würde, dass, sie Tag und Nacht zu ficken und sie über alle Maße zu befriedigen, – ihr sogar zu sagen, dass ich sie liebte – nicht genug sein würde, um sie zu halten. Der Lockruf der Stadt war für jemanden mit Dahlias Charakter stark und es war möglich, dass sie nicht würde gehen wollen, wenn die Zeit kam. Auch wenn sie meine Frau war und ich sie ohne weiteres dazu zwingen könnte, wollte ich nicht, dass sie verbittert und wütend auf mich wurde, weil ich ihr Leben ruiniert hatte. Ich erinnerte mich genau an diese Worte, da meine Mutter sie meinem Vater ins Gesicht gebrüllt hatte. *Du hast mein Leben ruiniert.* Ich konnte zwar nicht zulassen, dass mich Dahlia verließ, aber ich würde sie auch nicht dazu zwingen, zu bleiben.

Sie brauchte jemanden, der mit ihrem impulsiven Verhalten mithalten konnte. Ich war auch in der Lage, ihre überschüssige Energie zu verbrauchen, indem ich sie fickte. Das bildete eine Verbindung zwischen uns – gemeinsame Momente, in denen mich nicht das Erbe meines Vaters quälte und in denen Dahlia nicht darüber nachdachte, mich für ein neues Leben zu verlassen. Das war für keinen von uns eine Qual. Allein der Duft ihrer Haare, das leichte Heben ihrer Lippen ließ meinen Schwanz so hart werden, dass ich Nägel damit einschlagen könnte. Das war auch der Grund, warum ich den Staub, der von den Straßen aufgewirbelt wurde, nicht hasste, sondern stattdessen erkannte, dass er einen guten Grund bot, um ein Bad in unserem Hotelzimmer zu veranlassen und meine nackte Frau darin zu beobachten.

Ich lümmelte im Sessel des Hotelzimmers, meine Beine gespreizt, meine Hose geöffnet, meinen harten Schwanz in der Hand. Ich streichelte ihn langsam, während ich sie beim Baden beobachtete, wie sie ihre Arme einseifte, dann mit einem tropfnassen Tuch darüber strich.

„Wirst du das die ganze Zeit über tun?", erkundigte sie sich. Ihre Haare waren in einem unordentlichen Knoten auf ihrem Kopf getürmt, ihr Gesicht war von der Hitze und dem Dampf, der von der Wasseroberfläche aufstieg, gerötet. Ihre nackte Haut war feucht und sie bot den erotischsten Anblick, den ich jemals gesehen hatte.

„Ich vertreibe mir nur die Zeit, bis du rauskommst, Zuckerschnute. Dann werde ich dich ins Bett bringen und bis zum Morgen nicht wieder rauslassen."

Ich leckte meine Lippen, während ich mich langsam streichelte und ihr Lächeln beobachtete, als sich ihre Nippel aufrichteten. Die Vorstellung hatte auch für sie ihren Reiz.

„Du darfst dich als nächstes waschen", konterte sie.

„Nur, wenn du hier sitzt und unterdessen mit deiner hübschen Pussy spielst."

Sie sah mich mit einem Ausdruck künstlicher Empörung an und legte eine Hand auf ihre Brust. „Mr. Lee, das würde ich *niemals* tun."

Ihre Augen senkten sich und beobachteten, wie ein Tropfen Flüssigkeit die Spitze meines Schwanzes hinabrann und auf meine Finger. Der Gedanke, sie zu beobachten, brachte mich näher zu meinem Höhepunkt. „Ja, das würdest du."

Wenn ich jetzt kommen würde, anstatt damit zu warten, bis ich in ihr war, würde ich die ganze Nacht durchhalten. „Ich werde kommen und du wirst zuschauen. Dann bist du an der Reihe."

„Du willst, dass ich mich selbst zum Höhepunkt bringe? Ich dachte, dass wäre deine Aufgabe?"

Ich hatte ihr nicht erlaubt, sich in meiner Abwesenheit zu berühren und seit unserer Hochzeit war sie nur durch meine Hand oder Schwanz zum Höhepunkt gekommen. „Ich werde es dieses Mal erlauben, da ich zuschauen werde."

Mit meiner freien Hand griff ich über den Nachttisch und schnappte mir einen neuen, sehr viel größeren Plug. Auf der Reise vom Montana Territorium hierher hatte ich nur mit ihrem Hintern gespielt, hatte ihn daran gewöhnt, meine Finger bereitwilliger aufzunehmen, und hatte einen Plug über einen längeren Zeitraum in ihr gelassen. Ich hatte sie dort nicht erobert. Noch nicht. Ich hielt ihn für sie hoch und sagte: „Du wirst auf diesem Stuhl knien, dein Rücken zu mir, dein Hintern in der Luft. Du wirst diesen Plug in dich einführen, während ich zuschaue, dann wirst du mit deinem harten kleinen Kitzler spielen und dich selbst zum Höhepunkt bringen."

Sie biss auf ihre Lippe und ich beobachtete, wie sich ihre Wangen noch intensiver färbten und ihr gesamter Körper von Erregung gepackt wurde. Die Vorstellung, dass ich *alles* sah, machte sie sehr begierig. Nachdem sie gelernt hatte, dass ihr Körper perfekt war, dass sie mich heiß machte, dass sie mich hart machte, war jede Spur von Sittsamkeit verflogen. Sie war forsch und dreist und kannte ihre Macht über mich. Sie *mochte* es, sich zur Schau zu stellen und zu wissen, dass ich ihr zusah und förmlich nach ihr hechelte.

Zuallererst wollte ich jedoch kommen. Ich begann meinen Schwanz entschlossen zu streicheln und meine Hüften bewegten sich. Ich nutzte mein Kinn. „Seif deine Brüste ein und spiel mit deinen Nippeln."

Sie tat wie gefordert und es dauerte nicht lang, bis ich kurz vorm Orgasmus stand. Ich erhob mich, machte ein paar Schritte zum Wannenrand, während meine Hand fortfuhr mich zu reiben. Ich zielte mit meinem Schwanz auf ihre feuchten Brüste und als sich meine Hoden zusammenzogen, schoss ich dicke Samenstränge auf sie. Als ich wieder zu Atem kam, ging ich neben der Wanne in die Hocke, meine Hose nach wie vor geöffnet. „Sieht so aus, als wärst du wieder schmutzig." Ich riss ihr die Seife aus den Händen. „Scheinbar muss ich dir damit helfen."

DAHLIA

Garrison riss mich lang genug aus dem Schlaf, dass er mich küssen und mir mitteilen konnte, dass er zum Zug gehen würde. Dieser war früher angekommen, die Pfeife hatte seine Ankunft angekündigt. Es war kein Wunder, dass ich das nicht gehört hatte, da Garrison sein Wort gehalten und mich bis spät in die Nacht im Bett behalten – und gut beschäftigt – hatte.

„Schlaf. Ich komm zurück, wenn das Pferd versorgt ist."

Ich wollte mit ihm gehen und das sagte ich ihm auch.

„Es wird dort zu voll sein und ich werde auf das Pferd konzentriert sein. Wenn ich mir um dich Sorgen machen muss, werde ich abgelenkt sein."

Selbst im Halbschlaf verstand ich, dass seine Aufmerksamkeit hin und her gerissen sein würde, wenn ich ihn begleitete. Das Bett war schön kuschlig und mein Körper war von seinen Aufmerksamkeiten noch wunderbar müde. „Komm schnell wieder", murmelte ich.

Er küsste meine Stirn, während ich die Decke um mich festzog, versprach es mir und schlüpfte aus der Tür. Ich wachte erst wieder auf, als die Sonne durch das Fenster schien.

Ich kleidete mich an und ging nach unten in den Speisesaal zum Frühstück. Es war später Morgen und der Raum war nicht voll. Ich schaute aus dem Fenster auf die Straße, wo ich das Treiben einer geschäftigen Stadt am Morgen beobachtete. Auch wenn ich meine Zeit in Cheyenne genoss, freute ich mich darauf, nach Hause zurückzukehren. Das Montana Territorium rief förmlich nach mir, dass ich zurückkommen sollte.

„Ihr neuer Ehemann beschäftigt Sie ja außerordentlich gut." Ich sah von meinem Teller auf, um gerade noch zu sehen, wie sich ein Mann mir gegenüber setzte. Meine Überraschung verlangsamte mein Denken.

„Ich kenne Sie", erwiderte ich und versuchte, mich zu erinnern woher.

Er war anständig gekleidet, sauber und ordentlich. Seine Haare waren gekämmt und sein Bart getrimmt.

„Das sollten Sie. Ich war Zeuge an Ihrer Hochzeit."

Ein kalter Schauder der Besorgnis veranlasste mich dazu, meine Lippen mit der Serviette abzutupfen, was mir einen Moment zum Nachdenken verschaffte.

„Wir sind weit entfernt von Zuhause. Das ist kein Zufall, oder?"

Er lächelte und schüttelte den Kopf. Auf die anderen im Restaurant wirkte er sanftmütig und harmlos, aber ich konnte die Kälte in seinen Augen sehen und dass sein Lächeln unecht war. „Sie sind nicht nur ein attraktives Mädel, sondern auch noch schlau."

Ich blickte zum Eingang. „Mein Mann wird sich mir jeden Moment anschließen."

Er beugte sich nach vorne, wobei er seine Unterarme auf den Tisch legte, während er den Kopf schüttelte. „Er wird noch ein Weilchen weg sein. Der Wagon mit dem Pferd befindet sich am Zugende und es wird einige Zeit dauern, bis sie den Zug weit genug nach vorne fahren, damit er die Rampe erreicht."

Wenn es sich um einen Koffer oder ein großes Paket gehandelt hätte, das abgeholt wurde, hätte es einfach hinausgeworfen werden können. Aber ein Pferd konnte nicht aus solcher Höhe springen, ohne sich ein Bein zu

Revolver & Röcke

brechen. Daher war Geduld erforderlich, bis sich der Zug weiterbewegte und es sicher herausgeführt werden konnte.

„Na schön. Was wollen Sie von mir?"

Ich faltete meine Hände im Schoß und drückte mich gegen die hohe Stuhllehne.

„Geld."

Ich war ein wenig erleichtert über seine Antwort, da er der Mann gewesen war, der sich freiwillig gemeldet hatte, mich zu heiraten, falls ich Garrison nicht gewollt hätte. Er hatte damals gescherzt, aber da mir der Mann hunderte von Meilen gefolgt war, konnte ich mir da nicht mehr so sicher sein.

„Ich versichere Ihnen, ich habe keines."

Er schüttelte langsam den Kopf. „Ich weiß, dass Sie eine Menge haben. Außerdem ist Ihr Ehemann alles andere als arm wie eine Kirchenmaus."

„Das mag ja stimmen, aber ich trage ganz bestimmt keine große Summe mit mir herum und Garrison hat mir kein Taschengeld gegeben."

Schweiß stand dem Mann auf der Stirn. Er war nicht so ruhig, wie er ursprünglich gewirkt hatte. „Dann werden Sie kein Problem damit haben, es für mich zu gewinnen."

„Es für Sie zu gewinnen?" Ich runzelte die Stirn. Als mir seine Absicht bewusstwurde, beugte ich mich nach vorne und flüsterte: „Sie meinen Poker?"

Er nickte.

„Warum sollte ich das für Sie tun?"

Die Augen des Mannes huschten von links nach rechts. „Ich will Ihren Ehemann nicht töten, aber ich werde es tun, wenn ich muss."

Mein Herz kam zu einem stotternden Halt in meiner Brust. Obwohl ich in einem Raum voller Leute völlig sicher war, hatte ich Angst. Sehr, sehr große Angst vor dem Mann vor mir.

„Warum würden Sie Garrison...töten müssen?"

„Weil ich Geld schulde. Eine Spielschuld und ich muss sie begleichen. Ein Mann hat mir genug angeboten, um sie vom Tisch zu wischen, aber ich würde Ihren Mann dafür töten müssen. Ich will das nicht tun, das will ich wirklich nicht, aber ich bin verzweifelt."

Verzweiflung war keine gute Sache. In so einem Fall hatten Personen nur noch einen Fokus und handelten unvernünftig. Ich wusste das aus eigener Erfahrung, da mein Verlangen, die Ranch und meine Familie zu verlassen, so stark gewesen war – ich verzweifelt genug gewesen war – dass ich mich in gefährliche Saloons gewagt und gespielt hatte. Dieser Mann war ein Beispiel für diese Gefahr, in die ich nicht nur mich, sondern nun auch Garrison, gebracht hatte.

„Sie sind momentan weit genug vom Montana Territorium entfernt. Warum reisen Sie nicht einfach weiter, um ein neues Leben an einem anderen Ort zu beginnen?"

Ich sah echte Angst in seinen Augen. „Sie halten meine Frau fest. Wenn ich nicht in zwei Wochen zurückkehre, werden sie ihr Schaden zufügen." Er beugte sich zu mir, sein Blick wurde schmal und sein Kiefer spannte sich an. „Ich werde Ihren Mann nicht töten, wenn Sie mir das Geld gewinnen, das ich brauche."

Ich schluckte hart. „Warum spielen *Sie* nicht und gewinnen das Geld zurück?"

„Ich hab Sie spielen sehen. Sie sind gut. Ich weiß nicht, ob Sie betrügen oder Karten zählen oder einfach verdammtes Glück haben."

„Ich kann so etwas nicht vor Garrison geheim halten.

Ich gebe zu, Sie machen mir Angst und mich nervös und er wird wissen, dass etwas nicht stimmt."

Er neigte seinen Kopf in Richtung der Lobby. „Wir gehen jetzt, bevor er zurückkommt."

Ich sah mich um. Es waren zwar noch andere Leute zugegen, aber dieser Mann war verzweifelt. Seine Frau schwebte in Gefahr und er würde alles tun, um sie zu retten. Ich empfand genauso, da *er* mich in dieselbe missliche Lage brachte. Wenn ich schrie und einen Tumult in dem Restaurant verursachte, würde er höchstwahrscheinlich seine Drohung wahrmachen und Garrison verletzen, nein... töten. Um meinen Ehemann zu retten, musste ich das tun. „Jetzt? Es ist zehn Uhr morgens."

„Sie waren doch zuvor schon in Saloons. Dort gibt es immer ein Spiel."

Was würde Garrison denken, wenn er feststellte, dass ich weg war? Er würde sicherlich denken, ich hätte ihn verlassen, um in der Stadt zu bleiben. Das war mein Traum gewesen und dieser Traum hatte uns überhaupt erst in diese Lage gebracht. Er würde denken, ich hätte ihn verraten, dass ich ihn nicht liebte. Er würde denken, ich würde nicht seine Frau sein wollen – dass ich ein dummes Stadtleben meinem Mann, der jede leere Stelle in meinem Herzen füllte, vorzöge.

Er würde mich nicht mehr wollen, weil er ausdrücklich klar gemacht hatte, dass ich kein Poker mehr spielen sollte. Wenn er mich fände, würde er mich ablehnen, mich nicht mehr als seine Frau wollen. Warum würde er auch? Warum *sollte* er auch? Ich wäre nur die respektlose, spielende Frau, die Cheyenne ihm vorzog. Ich wusste, wie ich Geld verdienen konnte und könnte mühelos allein ohne ihn in der Stadt überleben. Er würde sein Pferd nehmen und nach

Hause gehen zumindest in dem Wissen, dass ich genau das bekommen hatte, was ich die ganze Zeit über gewollt hatte.

Der Schmerz in meiner Brust war so groß, dass ich meine Hand darauf legte und darüber rieb. Ich nickte und erhob mich, folgte dem Mann aus dem Hotel. Mir war es lieber, wenn Garrison lebte und mich hasste, als dass er tot war, also tat ich, was der Mann wollte.

9

ARRISON

Es war ein langer Morgen gewesen, länger als ich geplant hatte, um das Pferd vom Zug abzuholen und in dem Mietstall unterzustellen. Ich war müde – all der Sex der letzten Nacht hatte wenig Zeit zum Schlafen bedeutet – verschwitzt und roch nach Pferd. Alles, was ich tun wollte, war, ein Bad zu nehmen und mit meiner Frau ein Nickerchen zu halten. Als ich in das Zimmer zurückkehrte, traf ich Dahlia dort nicht an, wie ich es erwartet hatte. Ich hatte sie in der Lobby, als ich sie durchlaufen hatte, nicht gesehen und das Restaurant war zwischen den Mahlzeiten geschlossen. Das Bett war nicht gemacht und roch noch nach ihr, selbst der Duft unserer Vereinigung hing noch in der Luft.

Wo zur Hölle war sie hingegangen? Erst da entdeckte ich auf dem kleinen Tisch den Zettel neben ihrem schlichten goldenen Ehering, der einst meiner Mutter gehört hatte. Mein Herz sprang mir in die Kehle und hämmerte bei diesem Anblick wild drauf los. Ich wusste es. Ich *wusste* es. Sie war fort.

Beide Frauen waren sich so ähnlich, beide, sie und meine Mutter, hatten sich dafür entschieden, mich für eine verdammte Stadt zu verlassen. Ich war nicht genug für meine Mutter gewesen und offensichtlich war ich auch nicht genug für Dahlia. Ich hatte ihr genau das gegeben, was sie gewollt hatte – einen Besuch einer Großstadt. Ich hatte gehofft, es würde ihr gefallen und dass sie anschließend mit mir zusammen sein, zur Ranch zurückkehren und ihr Leben mit mir teilen wollte. Aber nein. Nein.

Es tut mir leid. D

Das war alles. Kein "Ich liebe dich." Nichts Derartiges. Sie hatte die Worte nie zu mir gesagt. Nie. Ich hatte sie ihr schon so verdammt früh gesagt, dass sie zweifellos von meinen Gefühlen für sie wusste. Sie waren auch in meinen Gesten, Worten und Taten ausgedrückt worden. Sie wusste von meiner Liebe und lehnte sie ab. Zerquetschte sie unter ihrem Stiefel.

Ich zerknüllte das Papier in meiner Faust. Wenn sie mich verlassen wollte, würde sie mir ins Gesicht sagen müssen, dass sie mich nicht mehr wollte. Meine Mutter hatte sich nicht verabschiedet. Sie war ein Feigling gewesen. Ich würde nicht zulassen, dass Dahlia den gleichen einfachen Weg ging.

Ich suchte die ganze Stadt nach ihr ab. Die Hotels und Gästehäuser, Restaurants und Läden, ich suchte überall, wo sie hätte sein können. Ich fand sie dort, wo ich sie am wenigsten erwartete. Ich ging an einem Saloon vorbei und entdeckte sie durch das Glasfenster. Ich hätte nicht überrascht sein sollen, sie dort zu sehen. Zur Hölle, ich hätte die Saloons zuerst durchsuchen sollen. Ihr Rücken war mir zugewandt, genauso wie es auch in Carver Junction gewesen war. Sie saß mit drei anderen Männern an einem Tisch und spielte Poker, genauso wie in Carver Junction.

Ich presse mein Kiefer zusammen und meine Zähne knirschten aufeinander. Sie hatte nicht nur beschlossen, mich zu verlassen, sondern auch innerhalb der ersten paar Stunden wieder angefangen, Poker zu spielen. Sie war außerordentlich fähig in dem Spiel, ihr Verstand scharf. Sie war so verdammt klug, dass sie in Cheyenne mühelos ihren Lebensunterhalt und noch etwas mehr verdienen konnte – wenn sie vorher nicht vergewaltigt oder getötet wurde.

Einige Minuten lang beobachtete ich sie einfach nur, ließ die Leute auf dem Gehweg an mir vorüberziehen, die Geräusche der Wägen und Pferde erreichten mich nur gedämpft. Mein Fokus lag allein auf Dahlia, auf ihrem geraden Rücken, ihren kleinen Händen. Wenn sie ihren Kopf zur Seite drehte, konnte ich sehen, dass sie die anderen Spieler mit einem blanken Gesichtsausdruck musterte. Es war dieser Gesichtsausdruck der einem Tritt in den Hintern gleichkam. Sie war außergewöhnlich gut im Lügen. Sie war außergewöhnlich gut im Bluffen. Es stand zwar außerfrage, dass sie kam, wenn ich sie vögelte – sie konnte nicht vortäuschen, wie sich ihre Pussy um meinen Schwanz zusammenzog oder dass sie vor Verlangen tropfte – aber sie war nur die Konsumentin. Wie lange hatte sie schon geplant, mich zu verlassen? Seit wir die Ranch verlassen hatten oder nachdem wir in der Stadt angekommen waren?

Ich dachte an das Geld, das sie gewonnen hatte. Sie hatte von fünfundsechzig Dollar gesprochen. Das würde ihr Zutritt zu jedem Spiel in der Stadt verschaffen. Das bedeutete, sie hatte es mit sich genommen, dass sie es von Anfang an geplant hatte. Ich stieß mich von der Wand und marschierte durch die Flügeltüren des Saloons. Für einen frühen Nachmittag war er gut besucht. An mehreren Tischen wurden Karten gespielt, Männer standen mit Whiskey in der Hand an der Bar. Ich stellte mich zwischen sie und bestellte mir selbst ein Glas, während ich Dahlia von dieser Stelle aus beobachtete. Etwas Geld lag vor ihr, aber auch vor den anderen. Es war noch früh. Um das Geld aller Männer zu gewinnen, würde sie den Rest des Tages beschäftigt sein.

Nachdem ich den Whiskey abgekippt hatte, bemerkte ich den Mann, der an der Seite saß. Es hatten zwar viele Männer ihre Augen auf Dahlia gerichtet, aber dieser kam mir bekannt vor. Ich kannte ihn. Es dauerte eine Minute, bis ich wusste woher. Er war in Carver Junction gewesen und hatte mit Dahlia Karten gespielt, als ich zu dem Saloon gekommen war. Er war Zeuge unserer überstürzten Hochzeit gewesen.

Ich sah rot. Ein dunkles, zorniges Rot, das in mir den Wunsch weckte, meiner Frau den Gürtel über den Hintern zu ziehen. Sie waren Partner und sie hatte es mir nicht erzählt. Fuck. War er ihr hierher gefolgt oder hatte er auf sie gewartet? Ich war noch nie in meinem Leben so wütend gewesen. Ich wollte hinüber gehen und dem Mann die Glieder einzeln ausreißen. Ich wollte Dahlia damit konfrontieren, wollte sie dazu bringen, ihre Machenschaften zu offenbaren. Ich signalisierte dem Mann hinter der Bar, dass ich noch einen Whiskey wollte und trank ihn hastig. Der Alkohol sammelte sich in meinem Bauch und tat nichts, um die Wut oder den Schmerz über ihre Täuschung zu lindern.

Es dauerte zwei Runden, in denen ich Dahlia beobachtete, um zu bemerken, dass einige Nuancen an ihr anders waren. Sie lächelte normalerweise und nahm vor den Männern eine entspannte Haltung an. Sie hatte die Männer in Carver Junction praktisch um ihren kleinen Finger gewickelt. Welcher Mann könnte es ablehnen, mit einer hübschen Frau Poker zu spielen, die gerne flirtete und kokett lächelte? Dahlia tat das jetzt nicht. Sie hatte keine entspannte Haltung, hatte nicht einmal ihren Mundwinkel gehoben. Sie ging methodisch, fast schon mechanisch in ihrem Spiel vor. Obwohl sie Münzen und Scheine zu dem wachsenden Haufen vor sich gezogen hatte, war sie nicht glücklich darüber. Der Mann aus Carver Junction hingegen war es. Er war angespannt und nervös – sein Fuß klopfte konstant auf den schmutzigen Boden – und sichtbar erleichtert über jedes Spiel, das sie gewann.

Ich lief die Länge der Bar hinab, sodass ich mehr von ihrem Gesicht sehen konnte. Es brauchte nur einen Augenblick, nur einen kurzen Blick auf ihr Profil, damit ich wusste, dass etwas nicht stimmte. Sie war blass, ihre Lippen fast blutleer. Auf die Männer wirkte sie wahrscheinlich perfekt mit ihren ordentlich zu einem Knoten frisierten Haaren, ihrem sauberen und sittsamen Kleid. Sie war wunderschön. Aber als sie mit Mischen an der Reihe war, hatten ihre normalerweise geschickten Finger ihre liebe Not mit den Karten. Ich konnte ohne Probleme erkennen, dass ihre Hände zitterten, während sie die Karten austeilte.

Es stand außerfrage, dass sie mit dem Mann aus Carver Junction im Saloon war und Karten spielte, aber sie war definitiv nicht mit dem Mann *zusammen*. Das eine Mal, als er sich nach vorne beugte und etwas zu ihr sagte, versteifte sie sich und ihre Finger zitterten sogar noch stärker. Etwas stimmte nicht. Zur Hölle, etwas stimmte hier ganz und gar nicht. Dahlia steckte in Schwierigkeiten. Das letzte Mal, als ich sie beim Kartenspielen gefunden hatte, hatte ich sie geheiratet. Ich hatte eine ziemlich gute Vorstellung davon, was ich dieses Mal mit ihr tun würde...wenn ich ihr erst einmal die Wahrheit entlockt hatte.

DAHLIA

Ich war am Gewinnen, aber ich verspürte nichts von dem Elan, der mich ich sonst während eines Spiels packte. Ich war natürlich zu hundert Prozent auf das Spiel konzentriert. Garrisons Leben hing schließlich davon ab, aber ich konnte Mr. Crumb – er hatte mir seinen Namen verraten – am Seitenrand spüren. Seine Anspannung war fast greifbar. Aber es waren nicht seine Aufregung oder Nervosität, wegen derer sich meine Nackenhaare aufstellten.

Da war ein Bewusstsein, ein Sinn von...jemandem, der mich dazu veranlasste, den Kopf herumzudrehen.

Garrison. Er war hier! Oh Gott. Er war hier. Meine Augen weiteten sich bei seinem Anblick. Er war so groß, so muskulös, so gutaussehend. So mein. Ich schüttelte meinen Kopf leicht. Nein, er war nicht länger der Meine. Der Beweis meiner Täuschung war verdammend. Ich befand mich in einem Saloon und spielte Poker. Er hatte meine Nachricht sowie den Ring gefunden und jetzt hatte er auch mich gefunden.

„Ich werde bei der nächsten Runde mitmischen", verkündete er als eine Art Begrüßung und zog einen Stuhl zu dem Tisch. Zwei der Männer rückten zur Seite, um ihm Platz zu machen. Aus meinem Augenwinkel sah ich, dass sich Mr. Crumb versteifte und aufstand. Glücklicherweise war ich jetzt nicht an der Reihe, die Karten zu verteilen, da ich beim letzten Mal schon genug Fehler gemacht hatte. Ich hatte die Karten, die ich ausgeteilt hatte, kaum in den Händen halten können, ohne dass sie zitterten. Das erste Spiel mit Garrison verlief problemlos, der Mann zu meiner Rechten gewann. Ich kannte Garrison. Er konnte mich besiegen, konnte all diese Männer besiegen. Er würde es nur nicht gleich ab der ersten Runde tun.

Nachdem die zweite Runde Karten ausgeteilt worden war, sprach er. „Sie kommen mir bekannt vor", sagte er zu mir.

Ich leckte mir die Lippen, da ich mir nicht sicher war, was für Absichten er hatte. „Oh?", flüsterte ich. „Zwei Karten, bitte."

Der Mann zu meiner Linken gab mir zwei neue Karten.

„Wie lautet Ihr Name?", fragte er. „Vielleicht hilft das meinem Gedächtnis auf die Sprünge."

„Opal", antwortete ich und sah ihm in die dunklen Augen. „Opal Banks."

Sein Kiefer verspannte sich und er schüttelte den Kopf. „Nein, da irre ich mich wohl. Ich suche nach einer Frau mit dem Namen Dahlia Lee."

Ein Klumpen der Größe eines Kohlestücks blockierte meine Kehle und ich hatte Angst, ich würde in Tränen ausbrechen. Garrison spielte keine Spielchen. Er wollte nicht die Frau, die ich so lange vorgegeben hatte zu sein. Er hatte gesagt, er könne mein wahres Ich sehen, könne meine Mätzchen direkt durchschauen. Konnte er mich auch jetzt durchschauen? Er war wegen seiner Frau hierhergekommen, um die Frau zu finden, von der er sagte, dass er sie liebte.

Er hatte die Worte ausgesprochen. *Ich liebe dich.* Er hatte gesagt, dass er mich praktisch schon immer geliebt hatte. Aber ich hatte die Worte nie erwidert. Nie. Ich war so darauf konzentriert gewesen, meinen Schmerz zu verbergen, sowie meine Angst, jemanden zu lieben und dann von diesem verlassen zu werden. Aber genau das hatte ich ihm angetan. Garrison hatte mich nie aufgegeben, hatte mich sogar mehr als einmal gebeten, ihn zu heiraten. Er hatte mir seine Liebe erklärt, hatte sie mir sogar gezeigt. Ich hatte so in meinem Traum, in einer Großstadt zu leben, – wegzurennen – festgesteckt, dass ich dem, was die ganze Zeit vor meiner Nase gewesen war, keine Aufmerksamkeit geschenkt hatte.

Ich hatte zwei Adoptivmütter, die eine liebevolle und sichere Umgebung für acht kleine verängstigte Mädchen geschaffen hatten, in der sie aufblühen konnten. Ich hatte Schwestern, die mich ärgerten und nervten, aber wir waren durch etwas viel Stärkeres als Blut miteinander verbunden. Liebe.

Dann war da Garrison. Er war mein Fels, meine Stärke und er kannte mich. Die wahre Dahlia Lenox Lee, nicht Opal Banks. Nicht die verlorene, getriebene Frau, die nicht erkannt hatte, dass all ihre Mühen umsonst waren, weil das, wonach sie gesucht hatte, sich die ganze Zeit vor ihrer Nase befunden hatte. Seit Garrison damals diesen Schneeball in meinen Mantel gestopft hatte, war er da gewesen.

Und er war auch jetzt hier.

Ich warf einen Blick über meine Schulter zu Mr. Crumb und er wirkte nicht glücklich. Würde er Garrison hier und jetzt erschießen und seinen Auftrag erledigen? Mit einem Schuss wären all seine Schulden bezahlt und seine Frau frei. Ich stand abrupt auf, wodurch mein Stuhl über den Boden kratzte und dann umkippte. Die anderen Männer, obwohl sie grob und verlottert waren, erhoben sich ebenfalls. Garrison war gut mehrere Zentimeter größer als jeder von ihnen und seine Augen verzogen sich zu Schlitzen, seine Schultern waren angespannt.

Ich wirbelte herum und schaute zu Mr. Crumb.

„Tun Sie ihm nicht weh. Ich werde Ihnen das Geld besorgen, aber bitte erschießen Sie ihn nicht."

Ich hörte schwere Schritte, dann wurde ich mit einem festen Ruck an meiner Schulter zurückgerissen. Innerhalb eines Wimpernschlags stand ich hinter Garrisons Rücken. Ich konnte Mr. Crumb nicht einmal sehen, bis ich meinen Kopf an Garrisons Arm vorbeistreckte, aber er schob mich wieder hinter sich.

„Was zur Hölle ist hier los?", knurrte Garrison.

„Nur ein Kartenspiel", erwiderte Mr. Crumb, dessen Stimme von nervöser Anspannung erfüllt war.

„Wenn du mich erschießen willst, möchte ich, dass Miss *Banks* zuerst an einen sicheren Ort gebracht wird."

„Nein!", schrie ich und drückte gegen Garrisons Arm, der mich zurückhielt.

Bei der Erwähnung des Wortes "Schießen" traten die anderen Männer des Spiels ihren Rückzug an.

„Schau. Ich brauche nur das Geld."

Garrisons Hand packte meinen Arm. „Wie viel?"

„Einhundert Dollar."

Garrison griff in seine Tasche, zog einige Scheine heraus, schnappte das Geld, das an dem Platz lag, wo ich gesessen hatte und reichte es dem Mann. „Hier. Nimm das verdammte Geld. Bist du jetzt fertig mit meiner Frau?"

Ich konnte mich um Garrison beugen und Mr. Crumb anschauen. Er schwitzte und umklammerte das Geld, das

Garrison ihm gegeben hatte, mit aller Kraft. Er nickte und trat einen Schritt zurück.

„Ich sollte dich dafür töten", murmelte Garrison.

„Nein, tu es nicht!", rief ich.

Garrison richtete seinen kalten und harten Blick auf mich. Ich machte einen Schritt zurück, aber er streckte seine Hand aus und packte wieder meinen Arm. „Warum? Liebst du ihn?"

Oh Gott, ich hatte Garrison so tief verletzt, dass er dachte, ich liebte einen anderen. Er zweifelte an meiner Liebe für ihn, weil ich es ihm nie gesagt hatte.

„Nein! Nein, ich liebe *dich*." Tränen traten mir in die Augen. „Seine Frau. Sie halten seine Frau fest."

Garrison sah zu Mr. Crumb. „Also benutzt du meine Frau, um deine zu retten?" Er bewegte sich schnell und schlug dem Mann ins Gesicht.

„Garrison!" Ich schüttelte den Kopf und packte ihn, brachte ihn dazu, sich zu mir zu drehen. „Nein! Er hat mich benutzt, um *dich* zu retten."

Er runzelte die Stirn. „Mich?"

„Ich habe Spielschulden", erzählte Mr. Crumb, während er eine Hand über seine Nase hielt. Blut quoll zwischen seinen Fingern hervor. „Eine Schuld, die beglichen werden könnte, indem ich dich töte. Um sicherzustellen, dass ich meinen Teil des Deals einhalte, haben sie meine Frau bedroht. Wenn ich dich nicht töte oder das Geld zurückzahle, werden sie meine Frau töten. Ich bin kein Mörder und ich wollte kein Blut an meinen Händen kleben haben. Ich sah deine Frau. Sie ist gut im Poker. Sie könnte das Geld schneller zurückgewinnen als ich es jemals könnte. Du würdest nicht sterben müssen und ich könnte meine Frau retten."

„Ich sollte dich dafür töten, dass du meine Frau auf

diese Weise benutzt hast." Garrison trat einen Schritt näher zu ihm. Dieses Mal wich der Mann nicht zurück und war bereit für das, was auch immer Garrison tun würde.

„Was wärst du gewillt, zu tun, um deine Frau zu retten?", fragte Mr. Crumb, seine Stimme war jetzt ganz rau von Emotionen.

Garrison schwieg für eine Minute, dachte nach. „Wer ist es? Ich will wissen, wer der Mistkerl ist, der eine Frau als Geisel nimmt."

„Pringle."

Ich erinnerte mich an ihn aus dem Restaurant in Carver Junction.

„Du hast jetzt dein Geld", sagte ich zu Mr. Crumb. „Es ist vorbei."

Garrison schüttelte den Kopf. „Es ist nicht vorbei. Pringle will meinen Tod. Wenn er es nicht tut", er deutete mit seinem Kinn zu Mr. Crumb, „wird es jemand anderes tun. Was dich betrifft, verschwinde verdammt nochmal aus meinen Augen. Wenn ich dich jemals wiedersehe, selbst wenn du nur die Straße runter läufst, werde ich dich dafür töten, dass du meine Frau für solche Machenschaften benutzt hast."

Der Mann nickte und ging, wobei er mit schnellen Schritten seinen Rückzug antrat.

Garrison sah auf mich hinab. „Wie es scheint, Zuckerschnute, haben wir jetzt noch einiges zu klären. Ich möchte wissen, ob ich Opal Banks oder Dahlia Lee ins Hotelzimmer zurückschleife, um ihr den Hintern zu versohlen und sie zu ficken."

10

ARRISON

„Zieh dich aus."

Meine Worte brachten Dahlia dazu, herumzuwirbeln und mich anzuschauen. Wir waren zurück im Hotelzimmer, allein. Die Drohung, mit der dieser Bastard Crumb meine Frau in Schach gehalten hatte, war beseitigt worden. Er hatte sein Geld und konnte zu Pringle zurückkehren und hoffentlich die Füße in die Hand nehmen und aus der Stadt verschwinden. Wenn er klug war, würde er seine Frau nehmen und ein neues Leben beginnen…weit, weit weg von irgendeinem Saloon.

Er war nicht mein Problem. Die Frau vor mir, meine *Ehefrau*, war es allerdings.

„Garrison", protestierte sie.

„Zieh dich aus", wiederholte ich mit tiefer Stimme. Sie

kannte diesen Tonfall, wusste, dass ich es ernst meinte und sie gehorchen musste.

Mit zitternden Fingern öffnete sie die Knöpfe ihres Kleides, während ich zuschaute. Ich beobachtete sie schweigend und vor Wut brodelnd, bis sie splitterfasernackt war. Ich setzte mich auf die Seite des Bettes.

„Über meinen Schoß."

Mit Sorge in den Augen tat sie wie befohlen und positionierte sich so, dass sich ihre Hände auf dem Boden neben ihrem Kopf befanden, ihre Zehen gerade so die andere Seite berührten.

Als ich mit meiner Hand über eine runde Arschbacke streichelte, versteifte sie sich.

„Hast du oder hast du nicht Poker gespielt, obwohl ich dir ausdrücklich verboten hatte, das zu tun?"

„Garrison, ich – "

Klatsch.

„Das ist eine Ja- oder Nein-Frage, Dahlia."

Sie zappelte, da ich nicht zimperlich mit ihr umging.

„Ja."

Ich schlug sie ein weiteres Mal, zwei weitere Male. Meine Handabdrücke erschienen schnell in einem leuchtenden Rosa an drei unterschiedlichen Stellen auf ihrem Hintern.

„Bist du mit einem Mann, einem *Fremden*, mitgegangen, der dich bedroht hat, anstatt zu mir zu kommen?"

„Er hätte dich getötet!"

Klatsch.

„Das war eine weitere Ja- oder Nein-Frage."

„Ja!"

Ich verpasste ihr mehrere Schläge in schneller Abfolge. Sie keuchte bei jedem auf, aber beim Letzten entriss sich ihr ein Schluchzen. Ich spürte, wie ihr Körper bebte, während sie weinte. Das war genau das, was ich wollte, die echte Dahlia hervorzulocken, ihre echten Emotionen zu sehen.

„Hast du irgendeine Vorstellung davon, was ich dachte, als ich deine Nachricht fand? Deinen Ring?"

„Ja", schrie sie.

Ich schlug sie wieder, dann wieder. Allein, dass sie über meinem Schoß lag und ich wusste, dass sie in Sicherheit war, veranlasste mich dazu, ihr einen weiteren Schlag zu verpassen.

„Was habe ich gedacht, Dahlia?"

„Dass ich dich verlassen habe. Dass ich dich nicht liebe."

Ich legte meine Hand auf ihre heiße Haut und sie versteifte sich, dann entspannte sie sich. Ich packte ihre Hüften und hob sie so hoch, dass sie zwischen meinen geöffneten Beinen vor mir stand. Ihre wässrigen Augen befanden sich auf einer Höhe mit meinen, ihre Brüste pressten sich gegen mein Hemd.

„Ich liebe dich Garrison. Es tut mir leid, dass ich es nicht schon eher gesagt habe, aber ich liebe dich wirklich. Ich wusste, du würdest vom Schlimmsten ausgehen, dass du mich hassen würdest, aber mir war es lieber, du lebst und bist wütend, als dass du tot bist."

Ich hatte mich danach gesehnt, sie diese Worte zu mir sagen zu hören und in diesem Moment zweifelte ich nicht an ihnen.

„Du bist die unvernünftigste, unlogischste und starrköpfigste Frau, die ich jemals kennengelernt habe."

Tränen tropften über ihre Wangen und sie blickte nach unten. Ich hob ihr Kinn an.

„Aber du bist auch die mutigste und liebevollste."

Ihre Augen weiteten sich, als sie meine Worte verarbeitete.

„Ich dachte, du hättest mich verlassen, genau wie es

meine Mutter getan hat, dass du das Stadtleben anstatt mich gewählt hättest. Anstatt wegzurennen, hat sich meine Mutter allerdings umgebracht."

Ihre hübschen rosa Lippen teilten sich. Sie war damals zu jung gewesen, um sich an meine Mutter zu erinnern, aber sie hatte meinen Vater gekannt. Sie hatte den verbitterten, todunglücklichen Mann, zu dem er nach ihrem Tod geworden war, gekannt. „Garrison, ich…Gott, es tut mir so leid!"

Ich zog sie an meine Schulter und erlaubte ihr, zu weinen, wodurch mein Hemd schnell von ihren Tränen durchweicht wurde. Als sie schließlich nur noch leise schniefte, schob ich sie zurück, sodass ich sie anschauen konnte. „Warum bist du nicht zu mir gekommen?"

„Weil er dich getötet hätte!"

„Dein Wille, mich zu beschützen, ist zwar sehr liebenswürdig, aber ich kann uns beide vor Leuten wie Crumb problemlos beschützen."

„Es ist jetzt vorbei", erwiderte sie.

Ich schüttelte den Kopf. „Dieser Mann war wie du, verzweifelt, einen geliebten Menschen zu beschützen, aber er hat nicht klar gedacht. Er hatte Glück, dass ich ihn für das, was er dir angetan hat, nicht getötet habe."

„Er hat mir nicht wehgetan, Garrison. Er hat mich nicht einmal angefasst."

Das war irrelevant. „Welcher Mann bringt eine Frau dazu, die Drecksarbeit für ihn zu erledigen? Welcher Mann zwingt eine Frau dazu, ihren Ehemann zu verlassen? Nur weil er sich bereits zehn Meilen außerhalb von Cheyenne befindet, bedeutet das nicht, dass die Gefahr vorüber ist. Wenn Pringle meinen Tod will, dann wird er es weiterhin versuchen."

„Daran…daran habe ich nicht gedacht", entgegnete sie,

wobei ihre Stimme sorgenvoll klang. „Was werden wir jetzt tun?"

„*Wir* werden gar nichts tun. Ich werde mich darum, um Pringle, kümmern, wenn wir nach Hause kommen. Vertraust du mir darin?"

„Ja, Garrison."

„Gut. Jetzt erzähl mir, warum zur Hölle du den Ring zurückgelassen hast?"

Sie schaute nach unten, leckte ihre Lippen und sah mir dann in die Augen. Ihre Augen blickten nervös drein. „Du wolltest nicht, dass ich nochmal Poker spiele. Ich wusste, du würdest denken, ich hätte dich verlassen, dass ich Cheyenne dir vorgezogen hätte. Dass ich Poker spielen dir vorgezogen hätte. Ich wusste, du würdest mich nicht mehr wollen."

Ich warf sie zurück über meinen Schoß, brachte sie in dieselbe Position, in der ich ihren Hintern versohlt hatte.

„Garrison, nein! Bitte, ich sagte, es tut mir leid!"

Ihr Hintern war noch immer rot und brannte wahrscheinlich höllisch. Als ich ihre heiße Haut umfasste, zuckte sie wieder zusammen, aber ich versohlte ihr nicht den Hintern. Stattdessen stupste ich ihre Beine mit meinem Fuß auseinander und schob meine Hand dazwischen, um ihre Pussy zu umfassen. Sie war so heiß wie ihr Hintern, aber feucht. Sie zischte bei der Berührung auf.

„Ich werde dir nicht den Hintern versohlen, Zuckerschnute. Ich werde dich ficken. Ich werde dich ficken, bis du weißt, dass ich dich immer wollen werde, dass ich dich niemals verlassen werde. Dich niemals aufgeben werde. Da du es, nach all den Malen, die ich dich seit Carver Junction genommen habe, immer noch nicht weißt, werde ich meine Zuwendungen auf das nächste Level heben müssen."

Ich streichelte über ihre feuchten Schamlippen, tauchte zwei Finger in ihre Pussy und spürte, dass sie feucht und cremig von meinem Samen der vergangenen Nacht war. Mein Samen war in ihr geblieben, selbst nach all diesen Stunden. Nachdem ich meine Fingerspitzen gründlich damit benetzt hatte, zog ich sie heraus, beschrieb einen Kreis auf ihrem Kitzler, bevor ich nach hinten zu ihrem hübschen kleinen Arschloch wanderte. Die gekräuselte Öffnung zog sich zusammen, als ich sie mit ihrer Essenz einrieb.

„Garrison!", kreischte sie, ihre Hüften zuckten und ruckten gegen meine Finger.

Da schlug ich sie auf den Hintern, ein leichter Klaps, um sie ruhig zu stellen.

„Du gehörst mir, Dahlia. Deine Pussy, dein Mund, dein Arsch."

Weil ich dort bereits mit ihr gespielt hatte, sie mit verschieden großen Plugs gefüllt hatte, öffnete sie sich mühelos für mich. Erst ein Finger und dann zwei glitten in sie. Sie dehnte sich und akzeptierte mich, wie ich es mir nie hätte träumen lassen. Mein Schwanz pulsierte an ihrem Bauch, bereit, den Platz meiner Finger einzunehmen.

„Oh Gott, ich bin so voll", stöhnte sie. Ihr Körper auf meinen Schenkeln war jetzt gefügig, als ob sie sich mir übergeben hätte, damit ich mit ihr tat, was ich wollte.

„Noch nicht, Zuckerschnute, aber schon bald."

Ich fuhr fort, sie mit meinen Fingern zu ficken, sie zu dehnen. Ich streckte meine Hand aus und schnappte mir das kleine Glas Gleitmittel, das ich für die Plugs verwendet hatte und schmierte sie damit ein. Tiefer und tiefer drangen meine Finger in sie, bis ein feuchtes, quatschendes Geräusch den Raum gemeinsam mit ihren Lustschreien füllte. Ihre Pussy war feucht, so feucht, dass es ihre Schenkel hinab und auf meine Hose tropfte. Ich konnte jeden perfekten Zentimeter ihres gedehnten Hinterns, ihrer rosa Pussy, ihres harten kleinen Kitzlers sehen.

„Ich habe dich noch nicht rasiert. Nachdem ich deinen Hintern erobert habe, werde ich deine Pussy wunderbar entblößen. Du bist die Meine, Zuckerschnute. Es steht mir frei, dich zu nehmen und zu benutzen, wie es mir beliebt, und du wirst es lieben."

„Ja", japste sie.

Während meine Finger noch tief in ihrem Hintereingang steckten, stellte ich sie wieder aufrecht hin, aber drehte sie von mir weg. Mit einer Hand auf ihrem Rücken drückte ich sie leicht nach vorne, sodass ich sie weiterhin bearbeiten konnte. Ihr Muskelring zog sich fortwährend zusammen und drückte mich. Ich wusste, sie würde so eng sein, dass ich nicht lange durchhalten würde, wenn ich erst einmal bis zu den Eiern in ihr war. Aus dieser Position beobachtete ich, wie ihr Brüste schwangen und sich ihre Nippel aufrichteten.

Mit meiner freien Hand öffnete ich meine Hose und befreite meinen Schwanz. Vorsichtig zog ich meine Finger aus ihr, tauchte sie in das Gleitmittel und rieb meinen Schwanz großzügig damit ein. Dahlia begann sich umzudrehen, aber ich hielt sie mit einer Hand auf ihrer Hüfte und mit meiner Stimme auf. „Dreh dich nicht um. Setz dich auf meinen Schoß." Ich zog sie zurück und nach unten, ihre Schenkel auf meine. Ich hielt meinen glitschigen Schwanz in einer Hand und bewegte sie so, dass er sich in einer perfekten Linie mit ihrem Hintern befand. Sie verschloss sich wieder fest, aber als ich sie zu mir zurückzog, drückte sich meine breite Spitze gegen ihre enge Öffnung.

„Drück nach hinten, Zuckerschnute. Ich habe die

perfekte Aussicht auf dich, wie du dich auf meinem Schwanz fickst. Hol tief Luft, lass sie wieder raus und drück dich nach hinten. Gutes Mädchen. Oh schau, wie du dich für meine große Eichel dehnst."

Sie stöhnte, während ich ihr half, sich zu senken, indem ich sie mit meiner Hand auf mich zog. Ihre blasse Haut dehnte sich weiter und weiter, bis ich ganz plötzlich hindurchglitt. Die Spitze meines Schwanzes in ihr zu sehen, war so ein erotischer Anblick, dass ich fast kam. Das Gefühl, wie sie mich drückte und versuchte mich herauszustoßen, sorgte dafür, dass sich meine Hoden zusammenzogen. Wir keuchten beide, Dahlias Haut war schweißnass. Ich umkreiste sanft das zarte Fleisch um meinen Schwanz, beruhigte es, fügte Gleitmittel hinzu, während ich meine Hüften ganz leicht gegen sie stieß, damit sie noch ein bisschen mehr von mir aufnahm.

„Das ist es, Zuckerschnute. Spürst du das? Es ist an der Zeit, dass du mich aufnimmst. Es ist deine Aufgabe, deinen Arsch mit meinem Schwanz zu füllen. Setzt dich vollständig nach unten. Bring deine Schenkel auf meine und ich werde komplett in dir sein. Ja, gutes Mädchen. Mehr. Jetzt ein bisschen zurück, gut, jetzt nach unten. Oh, ja. Gott, das ist so gut."

Ich würde nicht durchhalten. Sie war so eng, so perfekt, dass ich spüren konnte, wie mein Vergnügen am Ende meiner Wirbelsäule kribbelte. Langsam aber stetig nahm sie mich vollständig auf, bis sie genau das getan hatte, wozu ich sie angewiesen hatte und sie auf meinem Schoß saß, Schenkel auf Schenkel.

Schweiß tropfte von meiner Stirn und ich knirschte mit den Zähnen wegen des intensiven Bedürfnisses, zu rammeln, sie zu ficken und hart zu nehmen. „Jetzt reite mich."

„Garrison, es ist, ich bin...oh." Das Stöhnen, das sich tief in ihrer Brust löste, ein primitiver Laut, sorgte dafür, dass ich ihre Hüften packte.

„Beweg dich, Dahlia. Bring dich selbst zum Höhepunkt, denn sonst bringst du mich noch dazu, dich mit meinem Samen zu füllen."

Sie begann sich zu heben und zu senken und sie lernte das dunkle Vergnügen eines guten Arschficks kennen. Ihre Nippel richteten sich auf und ihre Haut rötete sich, als sie begann, mich zu reiten, ihre Brüste hüpften mit ihren Bewegungen auf und ab.

Ich würde nicht durchhalten, also griff ich um sie und zwirbelte ihren Kitzler fest. Sie fing an, zu schreien, zuerst leises Gewimmer und dann lauter und tiefer, bis ich ihren Kitzler mit zwei Fingern zwickte und sie über die Klippe stieß. Sie schrie so laut, dass ich mir Sorgen machte – in meinem lustumwölkten Hirn – dass jemand an die Tür hämmern und sich beschweren würde. Ihr Hintern drückte meinen Schwanz so hart, dass ich losließ. Das Verlangen, zu kommen, war so groß, dass ich ebenfalls schrie. Das Vergnügen durchschnitt mich wie ein heißes Messer, fast schon blendend in seiner Intensität. Ich kam, dicke Strahlen Samen schossen tief in ihren Arsch, füllten sie.

Als ihr eigenes Vergnügen verebbte, als ihre Muskeln aufhörten, mich beinahe zu erwürgen, als sie vollständig auf mich sank und ihr Kopf nach vorne sackte, hob ich sie vorsichtig von mir, wodurch mein Schwanz mit einem hörbaren 'Plopp' aus ihr glitt. Mein Samen tropfte direkt im Anschluss aus ihr. Ich streichelte ihren Rücken hoch und runter, küsste die kleinen Erhebungen ihrer Wirbelsäule, bevor ich sie hochhob und auf das Bett legte.

Sie war weich und schlaff...und still. Anscheinend war der einzige Weg, sie dazu zu bringen, sich mir vollständig zu unterwerfen, sie zu ficken und das gründlich. Nach ihrem Aussehen zu urteilen, ganz gerötet und verschwitzt und schlaff, war sie gut befriedigt. Analsex schien etwas zu sein, das ihr gefiel. Zur Hölle, sie hatte geschrien.

Ich ging zum Waschbecken, befeuchtete ein Tuch und säuberte meinen Schwanz sorgfältig. Mit einem Gut-gefickt-Ausdruck im Gesicht beobachtete sie mich. Ich hatte meine Hose nur geöffnet, um meinen Schwanz zu befreien, ansonsten war ich vollständig bekleidet. Nachdem ich mich gewaschen hatte, zog ich meine Kleider aus, befeuchtete ein zweites Tuch und kletterte auf das Bett. Ich schnappte mir einen ihrer Knöchel, spreizte ihre Beine und säuberte sie ebenfalls, wobei ich langsam und zärtlich vorging. Ich beugte mich nach unten und küsste ihre vernarbte Seite, dann sah ich ihr in die Augen. Ich rieb mit dem Tuch über ihren Kitzler.

„Wessen Pussy ist das?"

„Deine", flüsterte sie und bog ihren Rücken durch.

„Und wer bin ich?" Ich schaute ihr nicht ins Gesicht, sondern auf ihre Pussy.

„Mein Ehemann."

Ich trat zurück, holte meinen Rasierer und andere Hilfsmittel sowie ein sauberes Tuch, um sie glatt zu rasieren. Sie schloss ihre Beine nicht, ihre Sittsamkeit war komplett aus ihr heraus gefickt worden.

„Das stimmt. Ich bin dein Ehemann. Ich bin derjenige, der dich fickt. Ich bin derjenige, der dich beschützt. Ich bin derjenige, der dir Lust bereitet oder deinen Hintern versohlt. Ich bin derjenige, der dich liebt."

11

AHLIA

Unsere Reise nach Hause war anders. *Ich* war anders. Ich machte mir zwar Sorgen wegen Mr. Pringle und seinem Plan, Garrison zu schaden, aber ich musste darauf vertrauen, dass er sich um das Problem kümmern würde. Ich träumte nicht mehr davon, in die Stadt zu ziehen. Ich wollte nur noch mit Garrison zusammen sein, da er war, wo ich hingehörte. Mir wurde bewusst, dass ich gar nicht erst hätte suchen sollen, da ich nur auf Garrison gewartet hatte. Ich hatte mich nur treiben lassen und war verloren gewesen, bis er mich geheiratet hatte. Ich liebte es, dass er herrisch und fordernd war. Als ich ihm die Kontrolle abgetreten hatte, ihn den Mann hatte sein lassen, den ich liebte, hatte ich eine Freude gefunden, wie ich sie noch nie zuvor verspürt hatte. Ich stritt nicht einmal mehr mit ihm, außer wenn ich wollte, dass er mir den Hintern versohlte.

Garrison war ebenfalls entspannter, vielleicht weil er die

Angst ziehen ließ, dass ich Cheyenne ihm vorziehen würde. Dadurch wurde er tatsächlich noch imposanter, kontrollierender...und ich liebte das. Während ich zwar meine eigenen Kleider aussuchte, bestand er weiterhin darauf, dass ich keine Schlüpfer trug. Jeden Morgen machte ich die Beine für ihn breit und er inspizierte meine Pussy, vergewisserte sich, dass ich ganz und gar haarlos war, da wir beide liebten, wie empfindsam meine Haut auf diese Weise war. Er glitt auch mit einem Finger in mich, entweder in meine Pussy oder meinen Hintern oder in beide, um seinen Samen in mir zu ertasten. Das machte ihn immer hart und er nahm mich jedes Mal wieder.

Dies war die Art von Kontrolle, die ich genoss, der ich mich bereitwillig unterwarf. Hätte ich vor meiner Hochzeit mit ihm gewusst, dass ich mich Garrison in irgendeiner Weise unterwerfen würde, wäre ich wahrscheinlich alleine nach Cheyenne geflohen. Aber jetzt, da wir uns in der Postkutsche auf dem letzten Stück unserer Reise befanden, unser neues Pferd hinten an die Kutsche gebunden war, genoss ich seine Befehle.

„Heb deinen Rock hoch und zeig mir deine Pussy."

Ich saß ihm gegenüber und tat wie geheißen, zog den langen Saum bis zu meiner Taille hoch. Ich wusste, was er als nächstes von mir fordern würde, da das nicht das erste Mal war, dass er das verlangte. Ich rutschte tiefer in meine Bank und stellte meine Füße auf seine Knie. Er spreizte sie, wodurch ich seinem Blick präsentiert wurde. Ich biss auf meine Lippe und wartete auf seine nächste Anweisung.

„Wer hätte gedacht, dass du so fügsam bist?", fragte er mit einer hochgezogenen Augenbraue. Er lächelte und mein Atem stockte mir bei seinem Anblick in der Kehle. So gutaussehend, so männlich und so...mein.

Er zog den Plug aus seiner Tasche. Mein Körper wurde

heiß und weich, da ich wusste, dass er ihn für genau diesen Moment eingesteckt hatte. Obwohl er meinen Hintern ziemlich gründlich für seinen Schwanz vorbereitet hatte, hatte ich nicht gewusst, wie es sein würde, seinen Schwanz tatsächlich tief in mir zu haben. Jetzt wusste ich es und meine Pussy tropfte in freudiger Erwartung des Spiels. Ich wusste, dass ein Plug immer ein Vorbote für guten Analsex war.

„Ich kann meinen Samen immer noch aus deiner Pussy tropfen sehen. Entweder war meine Ladung reichlich oder ich habe dich gestern Nacht zu viele Male genommen."

Ich schüttelte meinen Kopf. „Weder noch. Ich liebe es, dich in mir zu spüren, auf meinen Schenkeln."

Er stöhnte und reichte mir den Plug. „Mach ihn mit all diesem Samen schön glitschig, dann führ ihn in deinen engen Hintern ein. Du wirst den Rest des Weges genau so reisen, damit ich mir anschauen kann, wie wunderschön du bist."

„Wie lange wird der Plug in mir bleiben?", fragte ich.

Er neigte seinen Kopf zur Seite. „Verspürst du das Verlangen, dass dein Hintern jetzt gefickt wird, Zuckerschnute?" Er schnalzte mit der Zunge. „So unersättlich."

Ich schob das harte Objekt in meine Pussy, machte es schön feucht, bevor ich es weiter nach unten zu meinem Hintern führte. Ich liebte das Gefühl, wenn mein Hintern geöffnet wurde, wenn Garrison so tief in mir war. Ich hatte keine Ahnung gehabt, dass ich ein solches Vergnügen darin finden würde, dass mir der Hauch von Schmerz, der damit einherging, gefallen würde. Garrison hatte es gewusst.

„Wir sollten in ungefähr zehn Minuten in der Stadt ankommen und dann werden wir zur Ranch weiterreiten, wo ich ihn rausnehmen werde." Wir gingen nicht nach

Hause. Wir gingen zur Lenox Ranch, wo ich bei meiner Familie bleiben würde, während sich Garrison um Mr. Pringle kümmerte. Früher hätte ich mich lautstark beschwert, aber jetzt nicht mehr.

„Ich werde dir die Entscheidung überlassen, ob ich deine süße Pussy fülle und an dem Baby, das du mir schenken wirst, arbeite oder ob ich stattdessen lieber deinen gierigen Hintern füllen soll."

Seit unserer Hochzeit waren fast vier Wochen vergangen und in dieser Zeit war meine monatliche Blutung nicht aufgetreten. Ich wusste allein deswegen, dass ich höchstwahrscheinlich ein Kind erwartete. Da meine Brüste auch noch voller und meine Nippel empfindlicher als jemals zuvor waren, war ich zuversichtlich, dass Garrisons Samen sehr potent war und Wurzeln geschlagen hatte.

Miss Trudy zwang Garrison dazu, zum Abendessen zu bleiben, bevor er loszog, um Mr. Pringle zu suchen. Bevor er ging, zerrte ich ihn in mein altes Zimmer und beugte mich über das Bett. Als er die Tür hinter uns schloss, beobachtete er begeistert, wie ich meinen Rock nach oben warf, um meine Pussy und das Ende des Plugs zu entblößen. Ich wackelte mit dem Hintern vor und zurück und schaute über meine Schulter zu ihm. Das war eine vertraute Position für mich, da mich Garrison diese Stellung oft in den unterschiedlichen Hotelzimmern, in denen wir auf unserer Heimreise übernachtet hatten, hatte einnehmen lassen. Oftmals hatte er mich in dieser Stellung gevögelt, andere Male hatte er mir einfach nur mit seinen Fingern Lust bereitet, wieder andere Male hatte er mich einfach nur lange Zeit gemustert und dann meinen Rock nach unten gezogen. Das war jedoch das erste Mal, dass ich diese Position eingenommen hatte, ohne dazu aufgefordert worden zu sein.

Er öffnete bereits seinen Hosenschlitz und zog seinen Schwanz heraus.

„Ich habe mich entschieden. Ich will beides", murmelte ich.

Er trat einen Schritt näher, während er sich streichelte.

„Oh?", erwiderte er, während er meine zur Schau gestellte Pussy und Po beäugte.

„Ich will, dass du meine Pussy vögelst, während der Plug drinbleibt."

Er zog an dem Plug, dann streichelte er über meine bereits feuchte Pussy. „Du willst es schön eng haben?"

Ich nickte und leckte meine Lippen.

Er rückte näher zu mir und brachte seinen Schwanz in Stellung. Ich war mehr als bereit für ihn. Ich sehnte mich nach ihm, seit wir in der Kutsche gesessen hatten.

Glücklicherweise reizte er keinen von uns und glitt mit einem geschmeidigen Stoß bis zum Anschlag in mich. „Öffne deine Bluse und hol deine Brüste raus."

Während er meine Hüften hielt und sein Schwanz tief in mir steckte, tat ich schnell wie geheißen, schlüpfte aus der Bluse und zog dann mein Korsett nach unten. Ich hob meine Brüste an und aus dem Korsett, aber sie wurden immer noch von meinem Unterhemd bedeckt.

Garrison zupfte an einem dünnen Band an meinem Rücken und zerriss es, dann das andere, sodass der Stoff nach unten auf das Bett unter mir hing und meine Brüste entblößt waren. Er griff um mich und umfasste sie mit seinen großen Händen. Ich keuchte, dann biss ich auf meine Lippe, um still zu sein.

Endlich, endlich begann er sich, rein und raus zu

bewegen. Der Plug machte es so eng. Er vögelte mich so leise wie möglich und ich drückte meine Hüften nach hinten, um ihm entgegenzukommen. Er zupfte an dem Plug und zog ihn heraus, was mich zu einem heißen, heftigen Höhepunkt kommen ließ, der mich überraschte. Er war schnell vorüber, aber nicht weniger intensiv.

„Gutes Mädchen", lobte er. „Diese Brüste, Zuckerschnute, werden immer größer. Deine Nippel, sie sind empfindlicher. Alles an dir ist empfindlicher. Deine Brüste werden schwer von Milch sein und dein Bauch rund."

Er zog sich aus meiner Pussy und ich ächzte. Er glitt nach oben und zu meinem Hintereingang. Er zögerte nicht, sondern stieß langsam, aber mühelos in mich. „Gib nach, Zuckerschnute. Öffne dich für mich. Ja, genau so. Ich muss meinen Samen nicht mehr in *meine* Pussy spritzen, oder?"

Ich schüttelte den Kopf, während ich tief einatmete und meine Hüften bewegte, als er langsam meinen Hintern für sich in Anspruch nahm.

„Ich werde Pringle finden und die Sache ein für alle Mal mit ihm klären. Ich werde schon bald zu dir und dem Baby zurückkommen. Jetzt drück nach hinten und fick meinen Schwanz. Bring mich zum Höhepunkt, damit ich gehen und zu dir zurückkommen kann. Du wirst mein Baby in deinem Bauch haben und meinen Samen in deinem Arsch."

Er zog an meinen Nippeln und ich zog mich um ihn herum zusammen. Er war so begierig wie ich, da er schnell kam und ich ihm direkt über die Klippe folgte.

Vielleicht war es das Baby oder die lange Reise oder die Tatsache, dass es spät am Abend war, aber ich war zu müde, um mein Bett zu verlassen. Er deckte mich zu und küsste mich. „Schlaf, Dahlia. Schlaf und ich werde eher zu dir zurückkehren."

Ich sank in den Schlaf mit dem Wissen, dass er mich gefüllt hatte – meinen Körper und mein Herz.

GARRISON

Es fühlte sich seltsam an, meine Schuhe an der Hintertür des Lenox Hauses auszuziehen und auf Zehenspitzen durch die Dunkelheit leise zu Dahlias Zimmer zu schleichen. Ich fühlte mich, als würde Miss Esther jeden Moment mit gezücktem und geladenem Gewehr in den Flur treten. Weder sie noch ihre Waffe tauchten auf, als ich zu Dahlias Zimmer schlich, hinein schlüpfte und die Tür hinter mir schloss. Ich war ihr Ehemann und ich gehörte hierher.

Pringle zu finden, war einfacher gewesen, als ich erwartet hatte. Der Sheriff hatte ihn bereits für Verbrechen, die in keinerlei Bezug zu seinem Interesse an meinem Ableben standen, überwacht. Der Gesetzeshüter war mehr als glücklich gewesen, mich zu ihm in den Saloon zu bringen, nicht in Carver Junction, sondern in einen auf der anderen Seite der Stadt. Er war ohne viel Federlesen verhaftet worden und erwartete nun den Bezirksrichter. Es hatte keine Schüsse, kein Blutvergießen gegeben. Es war überraschend langweilig und einfach gewesen. Bevor ich zurück zur Lenox Ranch geritten war, hatte sich mir die Gelegenheit geboten, dem Mann die Nase zu brechen, und das hatte meinen Ärger ein wenig besänftigt.

Es hatte einer wilden Frau, die leicht durch meinen Schwanz gezähmt werden konnte, bedurft, damit ich meine Zukunft klar vor mir sah. Es ging nicht darum, die Fehler meines Vaters auszumerzen. Es ging nicht darum, mich zu fragen, warum ich nicht genug für meine Mutter gewesen war, dass sie am Leben geblieben war. Es ging um Dahlia und jetzt auch um unser Baby.

Ich vermutete bereits seit mehr als einer Woche, dass mein Samen Wurzeln geschlagen hatte, aber ich hatte nicht gewusst, wie Dahlia die Neuigkeiten aufnehmen würde oder ob sie sich der Veränderungen ihres Körpers bewusst war. Ich wusste es. Ich kannte jeden Zentimeter ihres Körpers und wenn ihre Nippel besonders empfindlich waren, dann entging mir das nicht. Ich hatte diesen köstlichen Nebeneffekt zu meinem Vorteil genutzt, um sie zu zähmen.

Seit Cheyenne hatte sich auch Dahlia verändert. Sie musste gar nicht mehr so sehr gezähmt werden, da sie sich bereitwillig und glücklich jeder meiner Forderungen unterwarf. Wenn ich wollte, dass sie in der Kutsche meinen Schwanz blies, tat sie das und leckte zufrieden ihre Lippen, wenn sie fertig war. Wenn ich sie ans Bett fesseln und genüsslich ihre süße Pussy lecken wollte, beschwerte sie sich keineswegs. Als ich sie gegen das Hotelfenster in Buffalo, im Wyoming Territorium, gedrückt und gevögelt hatte, wo jeder, der vorbeiging, einen Blick auf ihren perfekten Körper hätte erhaschen können, hatte sie lediglich ihr Vergnügen hinausgeschrien.

Ihr sexueller Appetit war so unersättlich wie meiner und das Baby, das in ihr heranwuchs, war ein offensichtlicher Hinweis darauf. Ich würde den Rest meines Lebens damit verbringen, ihr zu beweisen, dass ich sie mehr als alles andere liebte, entweder indem ich sie vor Männern wie Pringle beschützte oder ihr ein Baby in den Bauch pflanzte. Ich liebte sie mehr als meine Ranch. Mehr als das Montana Territorium.

Ich zog meine Kleider aus, schlüpfte neben sie in das

schmale Bett und zog sie an mich, sodass wir aneinander geschmiegt waren wie zwei Löffel in einer Schublade.

„Garrison?", murmelte sie schläfrig.

„Schh, ich bin hier. Schlaf weiter."

„Ist alles in Ordnung?"

Meine Hand umfasste ihre Brust, die nun merklich größer war, dann glitt sie nach unten über ihren noch flachen Bauch und ihre heiße Weiblichkeit. „Alles ist in Ordnung."

„Pringle?", fragte sie.

„Der ist in Gewahrsam genommen worden. Du musst dich um nichts anderes kümmern, als dieses Baby zu machen und meinen Schwanz zu befriedigen."

Sie drehte sich um, sodass sie mich anschauen konnte. Im Mondlicht, das durch das Fenster fiel, konnte ich nur ihr Gesicht ausmachen. Als ihre Hand über meinen Bauch streichelte, realisierte ich, dass sie nicht so schläfrig war, wie ich gedacht hatte. Ihre Hand packte meinen Schwanz und er wurde sofort hart.

„Ich mache das Baby bereits, also wie kann ich deinen Schwanz befriedigen?"

Ich liebte den sanften Singsang in ihrer Stimme, den festen Druck ihrer kleinen Hand, ihre Brüste, die sich an meine Brust drückten. Ich war genau da, wo ich sein wollte. Nun, fast, denn eine Minute später, als ich in ihre feuchte Hitze glitt, wusste ich, dass ich wahrhaftig zu Hause war.

Es gibt nur Eines, was er tun kann, um ihr Verlangen und ihren Ruf zu schützen...sie heiraten.

Daisy Lenox hat sich neben ihren hübschen und lebhaften

Schwestern immer unsichtbar gefühlt. Aber der neue Stadtarzt, Ethan James, hat all das verändert. Er beobachtet sie mit einer Intensität, die sie nicht leugnen kann. Er ist der Erste, der sie ermutigt und der Erste, der sie streng tadelt, wenn sie es braucht.

Doktor Ethan James hat ein Geheimnis...bis Daisy Lenox ihm folgt und die Wahrheit herausfindet – wobei sie fast getötet wird.

Da Daisy Ethan wichtig ist, ist er entschlossen, dafür zu sorgen, dass sie ihr Leben nie wieder in solche Gefahr bringt.

Lies jetzt Brandzeichen & Bänder!

Sehen Sie die Liste aller Vanessa Vale Bücher auf Deutsch. Klick hier.

HOLEN SIE SICH IHR KOSTENLOSES BUCH!

Tragen Sie sich in meine E-Mail Liste ein, um als erstes von Neuerscheinungen, kostenlosen Büchern, Sonderpreisen und anderen Zugaben zu erfahren.

kostenlosecowboyromantik.com

ÜBER DIE AUTORIN

Vanessa Vale ist eine USA Today Bestseller Autorin von über 60 Büchern. Dazu zählen sexy Liebesromane, einschließlich ihrer bekannten historischen Liebesserie Bridgewater, und heißen zeitgenössischen Romanzen, bei denen dreiste Bad Boys, die sich nicht nur verlieben, sondern Hals über Kopf für jemanden fallen, die Hauptrollen spielen. Wenn sie nicht schreibt, genießt Vanessa den Wahnsinn zwei Jungs großzuziehen, findet heraus wie viele Mahlzeiten man mit einem Schnellkochtopf zubereiten kann und unterrichtet einen ziemlich guten Karatekurs. Auch wenn sie nicht so bewandert in Social Media ist wie ihre Kinder, so liebt sie es dennoch, mit ihren Lesern zu interagieren.

BookBub

www.vanessavaleauthor.com

HOLE DIR JETZT DEUTSCHE BÜCHER VON VANESSA VALE!

Du kannst sie bei folgenden Händlern kaufen:

Amazon.de
Apple
Weltbild
Thalia
Bücher
eBook.de
Hugendubel
Mayersche

www.ingramcontent.com/pod-product-compliance
Lightning Source LLC
LaVergne TN
LVHW011837060526
838200LV00053B/4067